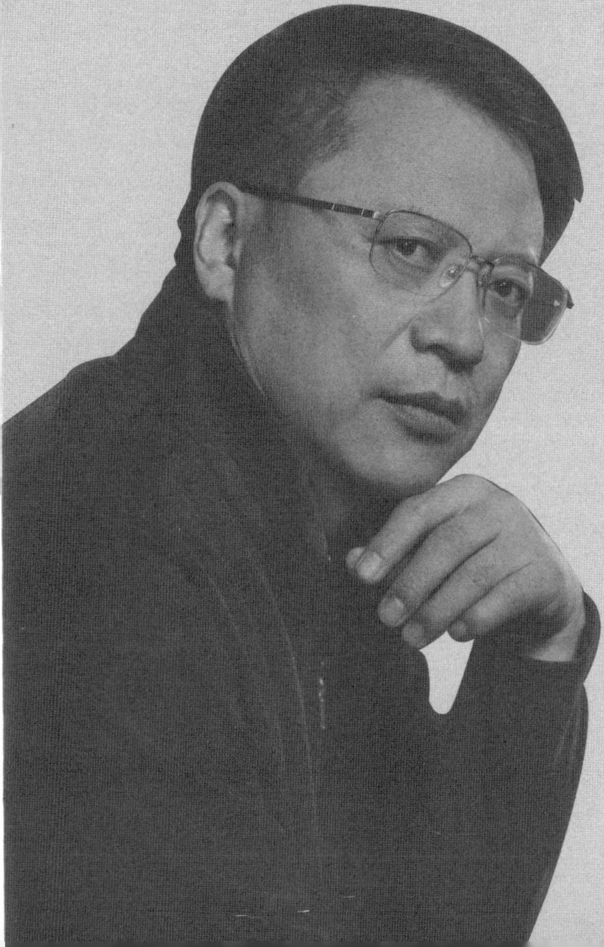

一只眼睛睡了 一只眼睛醒着

迟云 著

人民文学出版社

图书在版编目(CIP)数据

一只眼睛睡了 一只眼睛醒着/迟云著.—北京：人民文学出版社，2017

ISBN 978-7-02-012507-4

Ⅰ.①一… Ⅱ.①迟… Ⅲ.①诗集—中国—当代 Ⅳ.①I227

中国版本图书馆CIP数据核字(2017)第040651号

责任编辑　叶显林
责任校对　王筱盈
装帧设计　马诗音
责任印制　王重艺

出版发行　人民文学出版社
社　　址　北京市朝内大街166号
邮政编码　100705
网　　址　http://www.rw-cn.com

印　　刷　三河市西华印务有限公司
经　　销　全国新华书店等

字　　数　68千字
开　　本　880毫米×1230毫米　1/32
印　　张　7.5　插页2
版　　次　2017年8月北京第1版
印　　次　2017年9月第2次印刷

书　　号　978-7-02-012507-4
定　　价　30.00元

如有印装质量问题，请与本社图书销售中心调换。电话：010-65233595

目 录

一朵云飘过来
　　——读迟云　谢冕　1

辑一
　一只眼睛睡了　一只眼睛醒着　2
　淡定之人游走于阴阳两界　4
　看不出其前身是骆驼还是马匹　6
　沙子在任何时候都是沉默的　8
　潜入沙子的内心　10
　集体的沙子个体的沙子　12
　既无标题又不规则的联想　14
　被膨化了的种子不再是种子　17
　没有人能摆脱抛物线轨迹的羁绊　19

匆忙之间　21

每一个空间都堆满了灰色的涂料　23

穿透胸腹的月光　26

麻木已经成为一种常态的存在　28

不如意的状态　30

膨胀的鬼魂渴望去飞　32

树不语,风也不语　34

世界正在脱缰　36

潜伏者　39

经常被自己的影子惊扰　41

欲望,发端于美丽的设计　43

关于轻　45

天空总有猩红的鲜血落下　47

穿过八百年的原始森林　49

一只开始思考的蝈蝈　52

河面上升腾着一团和气　54

阴阳之鱼旋转　57

思想让青草地蔓延　60

嚣张与沉静　62

泡泡游戏　64

让思想去飞　66

变　故　68

唯有阴阳之门在冥冥之中等待　　70

辑二

在心海里不停地摇橹　　75
我感到了大地的摇晃　　77
岁月的雕刀不曾停歇　　79
在夜色里游走　　81
心中刮起真实的风　　84
独饮苍茫中的美丽和孤寂　　87
很难断定自己是否渴望燃烧　　89
关于骨头　　91
养护心灵之花　　93
活在自己的世界　　96
下意识的一个眼神儿　　99
俗眼近看天葬台　　102
寺院一会儿远一会儿近　　104
与蟋蟀交流　　106
在现实与浪漫的夹缝里　　108
如果诗歌是一棵树　　110
在深夜聚拢　　112
诗歌创作　　114
原创歌手　　116

我的灵魂附身于一只幸福的羔羊　118

错　位　121

借着微弱的灯光　124

新桃园结义　126

疯人的呓语　128

失重之人　130

牙疼臆想　132

临崖观海　134

滑行的境界　136

当我很老很老的时候　138

凉，让一些心壁长出细密的白发　140

辑三

一支铅笔的梦游　145

肉体世俗灵魂纯洁　147

阳光，找不到回家的路　149

遭遇雾霾　152

梦见猴子捞月　155

忧　春　157

地上盖满秋天的印章　159

乡路是从天空飘落的炊烟　161

灵魂在故乡　163

故乡的河流是一条脐带　166
乡村的磷火　168
自然界的辩证法　170
爹的坟堆在秋雨中寂寞　172
父亲的地堰　174
雪花可能是耍大牌了　177
熨平一地感性的月光　179
岸之状态　181
爱琴海岸的酒吧街　183
德意志黑色的鸽子　185
鸽子在无意中缝补历史　187

独饮苍茫中的美丽和孤寂
　　——《一只眼睛睡了　一只眼睛醒着》跋　刘东方　189

一朵云飘过来
——读迟云

谢　冕

仰望天空,有云朵的日子是惬意的。那些变幻莫测的云,有的凝重,有的轻盈,每朵云都有自己的生命。它们轻忽地移动着、飘浮着,在天空幻出万千迷人的姿态,供人遐想,诱人沉思。它们看似空灵,却又是无比丰实的,因为它是不断变动中的影像,仿佛一只智能化的巨手,任意地挥洒着它的想象力和创造力,使一切的人生世相,均在它的画图中得到浮现。

此刻,一朵云向我飘来,它也夹带着阳光下的山影波光,却又充满理性和哲思。我面对的是一朵奇异的云,这是有思想的云。云说自己有两只眼睛,"一只眼睛睡了　一只眼睛醒着"①。它知道诗人曾经用黑色的眼睛寻找过光明,却发现那些代表光明的星星坠入了湖底,"他憧憬着光明却融入夜色"②,于是这朵云变得有点忧郁了。诗人迟云就是如此用变幻的云朵,向我们讲述他所体验的人生,讲述人生的忧患和悲怆。这朵云也许说不上奇幻美丽,却有让人省思的独特深沉。开始读迟云的诗,感受的就是这样的氛围。

诗人多思,也多愁,他通过纷繁的意象,竭力推寻表象后面那些潜深的理趣。

诗人看见的天空是独特的,尽管那里有云彩在游移飘浮,但出人意表的是:"天空总有腥红的鲜血落下"。前面这句子是迟云一首诗的题目,平静的天空中,有散发着腥味的鲜血雨滴一样落下,突兀而令人惊诧的意象就这样袭击你平静的内心,这是诗人执意要诉诸你的对于复杂且近于冷酷的世界的一种解读。迟云的诗,如他的诗句所述,是一些"既无标题又不规则的联想"③,他不热衷于美丽的描述,往往是于平常中突然显示一些不美的想象,如他笔下的蛇之行走,"在扭动中滑

---

① 迟云诗题,也是他的诗集名。
② 迟云:《一只眼睛睡了 一只眼睛醒着》。
③ 迟云诗题。

行","释放出阴险的恶毒"①。这组组意象的诞生,正是他洞悉并警觉生活的负面价值的结果。

仰望天空,尽管我们会看见蝴蝶美丽的舞蹈,尽管我们也会欣赏苍鹰翱翔的姿态,但诗人展现的渐渐黑暗下来的天空中,却有成群的蝙蝠在盘旋,而黑暗中静静窥伺着的,是更加险恶的嗜血的猫头鹰——它们在黑暗的天空制造屠杀的血案。于是我们熟知的天空不再宁静——"总有猩红的鲜血落下",这是多情的诗人对于世界的无情揭示。这里有他基于诗人良知的对于善与恶的判断,更有对于生活不可预料的空间的体认。纵观迟云近作,总是充满了这种警醒世人的意愿。

他总是在一般人不经意处,揭示往往被人轻忽的场景。在沙漠,在戈壁滩的深处,他忽略了一般旅人关注的热点,例如沙砾中顽强的植物和动物,以及内地难得一见的绿洲上空的孤烟以及缓缓而过的雁阵,等等。在戈壁深处,他看到了白色的骨骸,他思忖这些骸骨究竟是骆驼的还是马匹的;他思考岁月沧桑、风雨碾过,后人如何研究自己沉淀了当今世相的灰白基因。他展现的沙漠世界既悲凉又苍茫。

---

① 迟云:《既无标题又不规则的联想》。

读迟云,我们得知他曾有过自己的青春诗情,不乏激情,也曾经浪漫。他说:"年轻的时候,没有更多的理由,因为热血,因为青春,也许还有点那个青涩的年龄段的虚荣。"①那时的诗篇保留了青春时代的记忆。人生的阅历多了,他的诗歌创作相对地增多了对于社会人生的思考和感悟,他的诗中频频出现那些并不轻松也不愉悦的意境,忧思、愤懑、孤傲、孤愤,正是体现在他近期创作中的竭力的追求。

理性成分的增多与感性成分的减弱,是迟云近作的一个明显趋向。这时段,他笔下经常出现沙子的意象:"沙子在任何时候都是沉默的"。他设想自己就是这样一粒沙子,也许被轻蔑,也许受践踏,但是沙子无言,它无法表达自己的反抗和愤懑。作为沙子,它无力。在另一首诗中,他再一次取比沙子:沙漠里的飞沙呼啸,那是"集体流动的子弹"②;而海滩上的沙粒,则让人感受到"潮水的按摩与阳光的抚慰"③。猛烈也好,温情也好,而现实中的沙子多半孤立无援。诗人不满于沙子的沉默,他期待震颤、期待呼啸、期待呐喊。他期望于沙子

---

① 迟云:《关于诗歌(后记)》,《行走 穿过思想的树林》,明天出版社2013年版,第354页。
②③ 迟云:《集体的沙子个体的沙子》。

的,是发出震人心灵的"声响"。他要潜入沙子的内心:"细数它心灵上斑驳的纹痕/领悟曾经的炽热与风霜"①。诗人唾弃平庸,他是热烈的。

这种对于"声响"的期待,正是诗人迟云对于诗歌的期待。生命可以平凡,但生命必须发声。他不满于生命的这种被迫沉默的状态。他为生命的这种麻木状态抗争。他的批判和抗议的声音充盈着诗行,在那些潜藏着激情的诗句的背面,他揭示那种"在沉默中僵硬在沉默中柔软"②的"麻木"。而当"麻木已经成为一种常态"③,他为此惊恐不安。他对周遭的世界充满疑惧,甚至经常被自己的影子所惊扰。他无情地解剖自己"一会儿是天使一会儿是魔鬼"的内心世界,但他也为自己的影子不会伪装而自豪。

迟云的这本诗集,其基本精神是自省,落笔凝重之处,在于对自身和自身以外的世界的质疑和批判意向。他不曾料到,如今面对的事实却是整个人类已经进入了一个快的时代:快速地攫取,快速地享受,"像不停止的陀螺/陷于欲壑难填的循环"④

---

① 迟云:《潜入沙子的内心》。
②③ 迟云:《麻木已经成为一种常态的存在》。
④ 迟云:《世界正在脱缰》。

中,他完全难以适应这个近于疯狂的他称之为"脱缰的世界":

世界正在脱缰

列车呼啸而过

远方不知是天堂还是地狱①

这是他的盛世危音。他对未来充满疑虑,他的忧患感无比沉重。一朵云飞过来,这朵云把激情深藏于冷静的思忖中。冷静多于热烈也许不是坏事,他重视诗歌对于内心和外界的干预。世界正发疯地演进着,但他没有对此失去信心。由于热爱,他有激情,他倾听并相信自己发自内心的声音;他不安,却也有他的平静,他有一份坚定与自信。他自言,"走过青草地就走进净化的内心"②,只要让心去飞,外面的世界就是无边的绿色。

面对纷杂的世界,诗人迟云即使在夜深人静的睡眠时刻,拥有的两只眼睛仍能做到一只眼睛睡了,一只眼睛醒着。这是一种半醒半睡的状态,他的形象十足地像一只猫头鹰,睡着

---

① 迟云:《世界正在脱缰》。
② 迟云:《思想让青草地蔓延》。

的一只眼用来休息,醒着的一只眼用来观察思考。明知思考难以改变世界如此这般的运行,也不能停止这种思考,这是诗人的宿命。迟云有坚定的诗歌理想,他始终强调诗歌对于世界和内心的承担;他看重诗意的表达,更看重诗歌对于人生真实状态的关注。他认为"任何时代的诗歌都必须紧扣社会跳动的脉搏,必须关注真实的人生状态"①。迟云是对的,他的这本诗集承继并实现了自己的诗歌理想。

2016年7月2日,于北京大学

---

① 迟云:《关于诗歌(后记)》,《行走 穿过思想的树林》,明天出版社2013年版,第356页。

融入夜色

就像融入哲学

一只眼睛睡了

一只眼睛醒着

辑 一

一只眼睛睡了 一只眼睛醒着

站在夜色的边沿
忧郁像露水一样凝结
凉风刮过
吹落一颗两颗星斗
诗人说
黑夜给了我黑色的眼睛
我却用它寻找光明

脱落的星斗坠入遥远的湖水里
湖水因而有了一个清澈明亮的名字
诗人却终究没有摆脱忧郁
他憧憬着光明却融入夜色

沉沦的姿态如蝙蝠的滑行

是第二次第三次失恋又重复了过去的悲伤
还是去年飘落的叶子今年又飘落了一次
当夜色覆盖
所有的疼与痛都有了麻醉的感觉

而猫头鹰在夜晚擦亮了眼睛
黄鼬在夜晚迈动灵巧的脚步
夜深人静的时候
当思想穿上黑色的衣袍游走
天地一片寥廓
心胸自由旷达

融入夜色
就像融入哲学
一只眼睛睡了
一只眼睛醒着

2013.11.12

淡定之人游走于阴阳两界

夜,极静的时候
独处的我
隐约之中
极易捕捉到死亡的影子

这时候
死亡并不是狰狞的模样
仿佛宁静的来客
与你一起体味生命的安详

人吃五谷杂粮
历经子丑寅卯
该生的时候生

该死的时候死
而在极静的子夜时分
死的状态接近于生
生的状态接近于死

日月依旧经天
江河依旧行地
这时候阴阳之鱼陷于混沌
纠结的仍然纠结
放下的释然放下
苦恼的人不能自拔
淡定之人游走于阴阳两界

极静
多么美好
灵魂可以出窍游走
思想可以在夜色里洗浴
生，活得朴素
死，走得平实

2013.11.29

看不出其前身是骆驼还是马匹

风吹沙响
地老天荒
当我们征服戈壁走进沙漠
世界愈加显得悲壮苍凉

地上偶尔会有一两具灰白色的尸骨
看不出其前身是骆驼还是马匹
它们如光秃的头颅上残留的几根白发
让流动的空气突然凝固

干旱的环境应当保留下木乃伊
这荒无人烟的地方却栖息着裸体的枯骨

四周找不到它们主人的信息
风沙掠过只发出呜咽的声音

它们是莽撞年少结伴走失
还是随商队远行意外倒下
谁都不知道它们是否记住了返程的路途
游荡的灵魂是否已经回归故里

此刻，我的心里突然打结
思忖是进抑或是退
仿佛看到后人在放大镜下聚焦
精心研究我同样灰白的基因

2014.3.10

沙子在任何时候都是沉默的

夏日的黄昏
在青江县海滨的沙滩
我挖了一个长坑把自己埋住
只留两个鼻孔呼吸空气
我想忘却世俗社会的酸腐与羁绊
变成一粒沙子
体验一粒沙子的平凡
感知一粒沙子的沧桑

一辆沙滩车轰响着开过来
一只车轮碾过我的脖子
一只车轮碾过我的小腿

我本能地跳将起来
想骂娘却没有发作
我想到我是一粒沙子
沙子是不会有情绪表达的
沙子已经习惯了被有意无意地强暴
沙子在任何时候都是沉默的

2014.3.4

潜入沙子的内心

无疑
声音传递思想与感情

一些人的声音
通过声道的震颤嘶喊出来
一些人的声音
经过肺腑的处理挤压出来

有的声音仅仅是一种声响
空洞肤浅苍白得如没有写字的纸张
甚至充满异味
仿佛刚刚逃离肛门的捆绑

最深沉的思想情感不通过声音传达

比如父亲的粗瓷碗盛满了期许与哀怨

比如一粒沉寂的沙子

经历过岩浆的迸裂喷发

经历过斗转星移的分裂风化

却始终不说一句话

我渴望听到天籁般的声音

我更愿意潜入一颗沙子的内心

细数它心灵上斑驳的纹痕

领悟曾经的炽热与风霜

然后

在孤独中磨平一切无意义的臆想

2014.4.5

集体的沙子个体的沙子

在沙漠

在戈壁

当狂风肆虐

飞沙便如集体流动的子弹

呼啸着射向存续的生命

以覆盖的姿态

强暴安静平和的绿色

在海滩

沙子们温存地依偎在一起

接受潮水的按摩与阳光的抚慰

孩子们在沙滩上嬉戏

情侣们在阳伞下调情
自由的脚印拷贝下永远的涛声

沙子们一旦脱离集体
它们便将无声无息
倘若被人带到鞋子里
它必定与脚板抗争
它是胜利者
也一定是出局者

2014.5.20

既无标题又不规则的联想

并不是因为谦虚而选择匍匐
在绿色的草丛抑或裸露的土地
蛇的身体在扭动中滑行
机警而不动声色
内敛而沉着从容
偶尔昂起的头颅充满敌意
嘶嘶响着抽动的芯子
则释放出阴险的恶毒

由此
我想到了封建皇宫里的太监
对上是细声慢语的应答

对下是阴阳怪气的责骂

他们阉的是裆中物

表现的是娘娘腔

他们在有阳光的日子里失落自己

他们在灰色的心境里寻找自己

变化的是身体

变态的是灵魂

由此

我想到哈巴狗和哈巴狗式的人群

它们擅于摇尾乞怜

它们擅于翻滚讨欢

而对于自己的同类

它们更擅于龇牙咧嘴

撒尿划界

由此

我又想到一位牧鸭人

他认为鸭子的行走彰显了自信

他认为鸭子的群体体现了秩序
所以,在鸭子的后面
他亦步亦趋
终于成为双腿罗圈的放牧人
而混迹于鸭群的白鹤
在牧鸭人的调教下
步履蹒跚
也仿佛具有了鸭子的基因

2012.12.10

被膨化了的种子不再是种子

正如祖祖辈辈延续下来的人类
每个人都有自己的血脉谱系
一粒玉米或谷子有幸作为种子
必定有它的父亲母亲和祖辈
遗憾的是作为作物的种子
既未曾与父母相见
也不能与儿孙谋面

于是,种子的心境开始悲哀
种子厌烦了单调而又平实的生命演化
种子渴望一种有声有色的生命
当听到一声嘶哑的吆喝

一抔玉米种子，在欲望的勃起中
决绝地走进爆米花旋转的炉膛

种子感受到了空气的憋闷与炽热
种子刚有了后悔的念头就失去知觉
仿佛是一声庆典的礼炮，宣告
转型的成功
种子在瞬间释放了自己
种子在瞬间辉煌了自己
种子带着一种食品的香味
丰满放大了自己

爆米花渴望新生
而被膨化了的种子不再是种子
春天的土地里，即使
雨水再丰沛田野再肥沃
爆米花也长不出一叶新绿

2013.12.21

没有人能摆脱抛物线轨迹的羁绊

相信世界有因果
每一个人的运程有轮回
所以我经常把各种因素聚合
用圆的形式图解四季
也用圆的形式演绎苦乐
哲人说这契合了太极的镜像
在运动中起点往往就是终点
终点也往往就是起点

现在,我已经浓缩了对世界对人生的理解
我把圆简化为半圆
更准确地说定位为抛物线

一切的一切

都具有生命的起与止

都具有速度的快与慢

都具有状态的动与静

都具有色泽的浓与淡

它们都有一个高度

它们都有两个端点

端点与端点之间

塞满了春夏秋冬与苦辣酸甜

或长或短

或高或低

没有人能摆脱抛物线的羁绊

在这个固化的轨迹上

巨大的流量在快速涌动

泛滥着悲喜交加的恩怨情感

2015.10.17

匆忙之间

没有预演
一切都像自然发生的
合乎生活的规律
合乎社会的逻辑
不经意的一次驻足
就踏进了看不见的漩涡

当忙碌的身影穿行于白昼
人就是漂浮在河流上的一片叶子
流动的阳光偶尔洒落在身上
断断续续的感觉
就像春天冷风中尚未开放的花朵

当一盏又一盏的灯光点亮了黑夜
黑夜的翅膀再也罩不住静谧
诱惑的滑音隐隐约约
欲望的精灵或暗或明
行进中的人
仿佛脚下在飞

河水在河床里流动
河水漫过河堤就肆虐为汪洋
所有的河床都希望循规蹈矩
所有的河水都探头探脑想冲决堤防
唯有土地无边无语
洼处是河床
高处是堤防
唯有流动是生命的征象
高处是起点
低处是方向

2013.11.18

每一个空间都堆满了灰色的涂料

天父地母媾合
创造万物并育养万物

名花异草五谷
珠宝奇珍祥瑞
枯枝败柳鱼鳖
魑魅魍魉鬼神
生物的世界泛滥
有机的土壤肥沃

如果我们把心胸比作宇宙
里面贮存的未必都是阳光

高原的厚重山岭的峻峭
海洋的辽阔湖泊的沉静
河水的流淌树木的阴影
交易的功利信仰的执着
它们都在一个酱缸里发酵
让穷理尽性落寞
让恕而容过张扬
过程充满了厮杀消融
结局指向于庸常无奈

昼夜分割日月明灭
阴阳交融晨昏守望
感性徐徐上升
理性缓缓下降
而搅动混沌状态的魔棒
则是老庄为与不为的思想

于是,理想主义照耀纯粹之镜
现实主义耕耘腐殖之土

酱缸里继续争论榴莲与臭豆腐的气息
每一个空间都堆满了灰色的涂料

       2016.5.10

穿透胸腹的月光

行走了一万年的月亮是不知疲倦的
每个崭新的夜晚都是如约而来的
风刮过
雨落过
现与不现
见与不见
都随你的情思与情缘

在旷野里看月
在丛林里看月
看弦月也看满月
看蚀月也看晕月

千江有水千江月

纵不语悲欢

各惦念恩怨

月待闺阁

本非善变

弱光如水

亦无冷暖

几多思虑愁绪

只因胸腹贮满了

 可言不可言的机缘

2016.3.22

麻木已经成为一种常态的存在

冰封江河的时候

世界是寂静的

河边的蒲草芦苇乃至柳树

在枯萎萧条中失去了色彩也失去了声音

抑或它们压根儿只有气息没有声音

过去的聒噪都是风掠过后的吵闹

激情的青蛙蛤蟆冬眠了

在河边窥视的鱼鹰野鸭都飞走了

季节,以独裁的形式

  完成了玲珑剔透的覆盖

河流,在无奈的压抑中

  实现了更大的沉默

冰河解冻的时候

世界仍然是寂静的

一切都是沉默的状态

没有人能听到冰块消融的声音

迎春无声地开放

海棠孤芳自赏

那种骇人肝胆的剥裂之声

静默的山鬼水神听到了

水中的鱼儿泥螺听到了

但它们既没有对阳光表达敬意

也无意对自由表达诚心

它们已经习惯沉默

在沉默中僵硬在沉默中柔软

麻木已经成为一种常态的存在

2016.3.6

不如意的状态

怀疑自己是否已经变态
是否能够和谐于社会的定义之外
渴望像一滴雨水渗透于泥土
沿着根系进入植物的身体
却僵硬地在岩石上裸体跌落
像决然赴死的英雄
痛且悲壮,甚至
找不到迸裂的碎片

肝火太盛
如不受节制的狂犬
在体内左突右冲

当自卑穿上了自信的道袍

抑或自尊掩盖了自馁的肤色

理性绑架道德

情绪强奸心态

血压升高

心率失常

思维如失去舵手的帆船

开始在汪洋里无目的地飘摇

这是一个周期性的表演

烦躁　血腥

如女人约与不约的月经

　　　　　　　　2016.3.12

膨胀的鬼魂渴望去飞

不懂星座

不懂周易六十四卦

可我善于读心

我听到许多人说要去飞

可我知道他们的善心已经死了

灵魂化为一张白纸

即使展开翅膀也是一架纸糊的飞机

失去自重的灵魂没有一点血色

滑行的轨迹呈现降落的态势

它们甚至无法选择一个干净葱茏的地方

因为一些人的灵魂叫鬼魂

已经习惯于在浊气中游移

行尸走肉并不可怕
可怕的是膨胀的鬼魂渴望去飞
欲望
让一些人灵魂出窍
如隐形的苍蝇
听不见嗡嗡的声音
但传播着腐烂的病因

2015.10.2

树不语,风也不语

正像鸟儿热爱蓝天
很多很多的人喜欢鸟儿

喜欢鸟儿的人们不是阶级兄弟
他们的喜爱充满巨大差异

喜欢声音的人沉醉于清丽的婉转
喜欢飞翔的人把梦想寄托于划动的翅膀

然而,麻雀不在唱鸟之列
聒噪的乌鸦不在唱鸟之列

蓬间雀也不在翔鸟之列
啄吃腐尸的秃鹫也不在翔鸟之列

在很多人的意识里
它们可能压根儿就不是鸟儿

它们是鸟儿的异类
异类的非完美功能异化了人们的思想

是心态强奸了常识
还是常识覆盖了一层灰色的记忆

树不语
风也不语

2015.9.15

世界正在脱缰

人为财死

鸟为食亡

宇宙中如流星雨飞过的明刀暗箭

纷纷坠落于欲望升起的不平凡之地

没有人知道中原大地之下,埋藏了
　几层城郭

古代方砖是青色的

古人尸骨是白色的

大悲剧如洪水漫过之后

更大的悲剧又如更大的洪水漫过

侥幸是一道迈不过去的坎

短视是一条走不完的路

一只鸟儿跌落了
如一滴雨水渗透干涸的土地
一个人的呼吸停止了
如风折断了向日葵的头颅
没有多少人注意他们演绎的过程
就像没有多少人研究太阳为什么升起
　月亮为什么降落

如果亡人们拥挤的灵魂能被人发现
他们是否会齐声发出凄厉的呐喊
整个人类都进入了一个快的时代
快速地攫取
快速地享受
而且快得不择手段
像不停止的陀螺
陷于欲壑难填的循环

技术淘汰技术

技术撬动道义的轨迹

冥冥之中没有制动刹车的闸门

世界正在脱缰

列车呼啸而过

远方不知是天堂还是地狱

2015.9.7

潜伏者

打马而行穿过四季的山野
阳光随意地拉长拉近我信步由缰的影子

影子陪我听开花的声音听落叶的声音
影子陪我看鸟儿飞翔的姿态
影子仿佛永远是低调的
始终是我不离不弃的奴婢

无论是严寒的冬日
还是炎热的夏季
影子既不觉得热也不觉得冷
影子即使有天大的委屈

也从不说一句倾诉的话语

影子逆来顺受
却始终进入不了我的意识和身体
因为它是你身边的潜伏者
当你陷于阴暗的境地
影子必定是弃你而去的叛徒

2015.9.7

经常被自己的影子惊扰

影子
每天都与你结伴同行
它没有痛感神经
也没有附体的魂灵

日月星辰的光芒
乃至斑斓的灯光与摇曳的烛照
都见证过影子的动与静
或正直坦荡
或苟且猥琐
永远在沉默又仿佛一直在诉说

夜深人静的时候

我经常听到自己心跳的声音

或紧张急促透着焦虑愤懑的气息

或自然平和释放出清风一枝的宁静

这时候影子如纠缠的雾与霾

形态诡异

一会儿是天使

一会儿是魔鬼

影子不善于伪装

已经习惯于变态与变形

低头环顾

人经常被自己的影子惊扰

2015.12.22

欲望,发端于美丽的设计

时值黄昏
我的灵魂躲在有些灰暗的角落
仿佛在喁喁独语

而阳光正透过云的缝隙
烧出晚霞的诡异

草地碧绿
有着田园独具的静谧
此刻,我欲望的花包袱
从唯美的天空款款落下
虽薄如蝉翼

却依然渴望捕捉到什么

一只灵动的猫快速地从脑际闪过
没有记住它的颜色
也没有记住它的眼睛是快乐还是抑郁
只知道它的爪子掠过地面
仿佛是为了逮一只自由的蚂蚱
无意中却走出一个梅花图案
且没有一丝一毫的声响

2014.10.29

关于轻

云朵能把你托起
雪花就能把你埋葬
生命,就是白色的粉末
在波涛汹涌的峰谷间壮丽抑或平淡

一只工蜂乃至一群工蜂
它们有形而上的追求吗
蚂蚁在适合的季节忙忙碌碌
仿佛在思考着同一个问题

如果灵魂与肉体分离
最先腐烂的未必是躯壳

如果灵魂不死作漂移运动
不知道它们选择夜晚还是白昼

礁石在倔强地抗争
沙滩在耐心地吸附
潮汐过后还是潮汐
远处则永远是一片平静的汪洋

大道至简
大味必淡
又有一阵微风刮过
卷起一地岁月的柳絮和名利的鸡毛

2014.8.25

天空总有猩红的鲜血落下

天空慢慢黑暗下来

蛰伏在洞穴以及百年老屋的蝙蝠
抖动着黑色的双翼开始飞翔
夜色掩盖了丑陋的形体
它们三五成群
在低矮的空中划出一个又一个
　自信的弧度

不知道世间有蝴蝶美丽的舞蹈
不知道世间有苍鹰高远的盘旋
蝙蝠以黑色为美
蝙蝠以滑行为傲

蝙蝠以自足的心态打造出
　一个狭隘的舞台

而此刻
猫头鹰蹲守在遒劲的树枝上
机警的耳朵已经竖起
黄褐色的眼睛透出一丝冷气
尖利的爪子掩饰不住激动
正准备螳螂捕蝉黄雀在后的瞬间一击

时间是你的
空间是你的
当视野与能力局限于你
一切往往都是暂时的

于是
每天晚上都有蝙蝠做出生与死的挣扎
天空总有猩红的鲜血落下

2014.8.12

穿过八百年的原始森林

相较于八百年前的阳光与青葱
低纬度的原始森林已经浓荫蔽日
呈现出一片阴暗凝重的气息

这是何等的苍凉与悲壮
一棵又一棵数抱粗的松树
　折倒于岁月的蹉跎之中
树皮已经腐烂
树梢已经消失
粗壮的躯体上长满潮湿的青苔
也有绿色的藤萝覆盖过来
仿佛要掩饰曾经的惨烈与疼痛

它们东倒西歪

因为不能承受生命之重，不能

　放弃尊严的挺拔

在某个不确定的日子

如突遭枪击的战士，猝不及防

　轰然倒下

曾经

千万棵松树肩并肩一起生长

在阳光雨露与电闪雷鸣中相互守望

而今站立者阅尽沧桑风烛残年

倒下者长眠于此注释沉默

而在另一个地域

八百年后的原始森林

榕树的世界依然蓬勃

它们手挽着手根连着根

树干长出根须根须又长成树干

它们拉拉扯扯勾肩搭背

丧失了世俗社会的伦理与道德

它们虽然拥挤但共同茂盛

它们虽然繁琐但仍在共同地活着

穿过八百年的原始森林

经历崇高与世俗

经历死亡与存在

我想为松树和榕树贴上

　不同价值观的标签

但莽莽林海波涛涌动

呼啸而过的都是纯朴自然的风声

　　　　　　　　　2014.6.10

一只开始思考的蝈蝈

一只夏天的蝈蝈
并不总是高亢地鸣唱
一阵风吹来
抑或一阵雨飘过
习惯躲在叶子的背后,倾听
　自然界其他的声音

叶子有时也发出自己的声音
但很难区分它们情绪的好坏
只闻到一股叶绿素的气息
在凉爽的夜露里显得愈加凝重

蝈蝈用放大镜研究叶子的构造

叶子的经络里贮满了季节的信息
春天的物语已经压缩在一个文件夹里
夏天的情怀则在没有密码的邮箱里放纵

此刻,我即是一个蝈蝈了
闷热的中午正是鸣唱的时候
因为拥有了思想,我开始
　选择最光鲜最具有气质的一片叶子
我开始思考作现实主义的低吟,还是
　作浪漫主义的咏叹
是做唯物主义的功利者,还是
　做唯心主义的殉道者

一只蝈蝈认识了叶子的命运
鸣叫的声音开始出现一些嘶哑和低沉

(而叶子的命运决定着蝈蝈的命运
蝈蝈的放大镜目前还没有探测到)

2014.6.5

河面上升腾着一团和气

如同蚂蚁沿着梨树的躯干爬上爬下
紫燕应着炊烟的节律飞进飞出
我们已经十分熟识了
虽然我们之间隔着一条并不宽阔的河

站在彼此的岸边
我们招手、说话,而且
　能看到相互送出的微笑
我们谈谈天气说说地理
偶尔也估算一下今年的收成
这种情况已经有三十年了
三十年的河面上朦胧着一团和气

并不是贸然的造访

我想沿着你的毛发你的气息

　　沿着你的语调你的眼神

走进你不温不火的内心，感受

　　你潜藏于意识深处的波澜

用我的一滴汗一滴泪，甚至一滴血

换回你兜里的一粒米一粒盐

然而

我蹚不过这风平浪静的河面

一张无形的网横亘在那里，散发出

　　浓重的铁锈味

如你没有内涵的笑容

机械，僵硬

没有半点温暖

河面上仍然升腾着一团和气

可是我不知道河水流向哪里

我赤脚走到河里喊——

过来，我们握个手吧
　　却听到你软软的回复
　　　呵呵,今天的天空要下雨了

2014.6.8

阴阳之鱼旋转

冬夜漫长

此刻

凛冽的寒风呼啸着掠过北方

冷,刺骨的感觉让人们蜷缩

蜷缩着想起中午的阳光

这时候,温暖的记忆

就是实际而又实惠的信仰

其实

昼存长短

夜有盈缩

自然的变化早已存在于定数

蔓延的是你的感觉

等待的是你的心境

人丧失了控制自己的能力

就容易迁怒于客观的存在

而阴阳之鱼依然有规则地旋转

起于止

止于起

生于死

死于生

仿佛没有因果

而过程必定轮回

阴阳之鱼演化出很多化身

阴阳之鱼附体于我

我的体内草青了又枯

我的心中花谢了又开

左耳听到一声软语

　留得青山在不怕没柴烧

右耳听到一句硬话
　二十年后又是一条好汉
而朦胧的眼前像有流星划过
模样美丽
轨迹自然

2013.12.20

思想让青草地蔓延

——走过青草地
脑海中跳出这个意象的时候
我的身体已经轻松起来
我的心已经飞翔起来

其实,这个时刻
走过青草地只是一种奢望
窗外是严寒笼罩的冬季
除了一抹两抹松树的青色
更多的树木赤身裸体
更多的山峦灰暗单调
行走在都市里的人们臃肿而迟钝
他们在汽车的尾气里穿行

面容有些苍白

眼神有些迷茫

这时候安静自己倾听内心的声音

犹如海子面朝大海春暖花开

青草地就是阳光蝴蝶和苦菜花的盛开

青草地就是风筝笑脸和孩子们蹒跚的脚步

虽然树枝已经枯干

虽然时间正在老去

而青草地茂盛于内心

风姿绰约地激活着年轻的基因

烟雨蒙蒙,即使是一种幻想

走过青草地就走进净化的内心

暖风泱泱,即使是一次梦游

走过青草地就能听到阳光穿行的声音

思想让青草地蔓延

只要让心去飞

就寻觅不到绿意的边界

2015.1.19

嚣张与沉静

有的时候,我并不认为
花儿的盛开是展示一种美
在主观上它可能是释放一种嚣张
如果这种花尚不能结出丁点果实
则无异于妓女扭动的裙摆
艳丽,却流于恶俗的招摇

开放,是你的权利
从花瓣到花蕊
花朵的基因却往往透露着机心
有浓艳的有素雅的
有芳香的有异味的

更多的花朵默默无闻
但它们都燃烧着热烈
享受着自慰后高潮的来临

高潮是短暂的
所以花期也是短暂的
唯有籽实在阳光的抚慰下成熟
过程是绿叶掩映下的挣扎
结局是瓜熟蒂落后的沉静

2015.10.7

泡泡游戏

一些游戏刺激好玩
但不好追究它的意义
比方说我们从小就喜欢的吹泡泡
比谁吹得多吹得大
谁能吹得在阳光下发出多彩的颜色
它的意义就是过程
从起泡到破灭
没有物质的失去只有精神的愉悦

游戏演绎到极致
就充盈表演的企图
开始有人走上舞台

创作出超大规模的泡泡
而且在泡泡里装进人
让泡泡像透明的房子

舞台上的泡泡破灭了
观众席上的掌声真诚而热烈
在前排就座的一些人很冷漠
这种场景在梦中似曾惊恐地见过

       2014.4.22

让思想去飞

如果我的翅膀折断了
而心依然在滑翔
我将如何翻越崎岖绵远的路程

如果霜降已经来临冬雪正在积蓄
心中却桃花微开春意正浓
我将从哪个邮箱发出爱情的呼吸

如果外面的世界已经黑暗下来
而内心的烛光依然闪亮
我将点燃哪个边角烧毁整个天幕

在这个生态变幻的林子里
做一只候鸟还是做一只留鸟
我常常陷于基因与思维的纠结

冰封的江河仍然有鱼儿在游
被铲断的蚯蚓会独立为两条生命
我隐约听到了让思想去飞的心音

> 2015.2.20

变 故

在走过春经过夏的园子里
一株向日葵茁壮地成长
宽大的叶子层层向上
圆圆的脸盘追逐阳光
高粱玉米把它当作自己的兄弟
身边有佳邻
它们甚至嗅到了葵花身上的瓜子香

然而,秋天刚刚来临
向日葵就斜躺在了高粱的身上
此刻,高粱尚未抽穗
正对明天充满了希望

高粱诧异于生长的烦恼
玉米说看一看瞅一瞅
它的躯干嫁接在罂粟的根基上

       2013.12.29

唯有阴阳之门在冥冥之中等待

手术台上的每一具躯体
都是由皮囊包裹着的血肉与骨头
手术刀开始工作的时候
一种传递冷的声音,迅速掩盖了
　他们体征的温度

此时,躯体已经麻醉
生命陷于沉睡
尽管血液仍在流淌
神经脉络仍在律动
但思想已经停止
灵魂开始挣扎

此时，大夫的右手被良知控制
左手被技术和运气绑定
唯有无影灯光照依旧
仿佛什么都没有发生
唯有阴阳之门在冥冥之中等待
不知是继续关闭还是选择打开

       2014.1.16

灵魂独上高原
因为自由无羁
因为超凡脱俗
如一棵不和谐的树
独饮苍茫中的美丽和孤寂

辑 二

在心海里不停地摇橹

光阴如惊弓之鸟
飞窜得匆忙而又坚定
惊扰它们的是四十岁鬓角的白发
银箭般刺向缺乏警惕的双眸

仅仅一根便足够了
鸟之羽毛在天空飘落,划出
　一道美丽而哀伤的弧线
而鸟的翅膀依然紧张地划动
没有一点栖息的念头

正是秋意渐浓的季节

天空的雨丝细密而又缠绵

山光隐形

水色苍茫

冷风落寞地刮过,一层凉

 又覆盖了另一层凉

不披蓑衣

不戴斗笠

让雨水淌下来洗濯尘埃

载一船孤独

载一船前瞻后顾的忧虑

在心海里不停地摇橹

雨水汗水和泪水汇流,湿润了

 吱扭吱扭喊疼的声音

2014.3.28

我感到了大地的摇晃

又是夜深人静的时候

我感到了大地的摇晃

仿佛斟了五分之一的葡萄酒杯

在一只隐形的手里倾斜

东倒西歪的状态

诱发内心的恐惧

土地犹如漂浮的船体

被一阵一阵情绪的声音顶起

声音时强时弱

船体左倾右斜

情绪躁动不安

四周涌动波峰浪谷

尚没有眩晕

但我计算不出地震的强度和烈度

我听到了一片声音的鼎沸

嘈杂,但没有洪钟大吕的底气

夜深人静的时候

我感到了大地的晃动

我曾经认为这是梦境的延续

而记忆却有了真实的硬度

2014.1.9

岁月的雕刀不曾停歇

在潜意识里
我们经常犯常识性的错误
把相对应的关系理解为对立
比如阳光与夜色

我喜爱阳光
但更迷恋夜色
夜色并不等于黑暗
夜色中有天体或明或淡的星光
它们穿越亿万年的时空飞奔而来
诗意饱满却理性从容
沉潜含蓄却真实自然

夜色中有树影婆娑山形微茫

尘世的喧嚣暂时降落

此起彼伏的虫鸣彰显世界的安宁

此刻,萤火虫提着灯笼

猫头鹰立起耳朵

飞出古刹的蝙蝠自由自在

注释禅意的溪水正随意地顺岸流动

夜色,是阳光翻转的界面

静谧之中宇宙仿佛慢下来了

但岁月的雕刀没有一刻停歇

它白天塑造形体

晚上锉刻灵魂

只是让渐起的风声,掩盖了

 清醒与混沌

2016.1.11

在夜色里游走

又是深夜极静的时分
游走
则刚刚开始

形体是孤独的
意识是自由的
正如一根竹竿挑着一具道袍
　在夜色里移动
没有限行线
没有红绿灯
旷野多大
自由的领地就有多大

很难把孤独和自由拴在一起
但它们就是一对孪生兄弟
裸露的土地和葳蕤的原野都是平台
朦胧的夜色和散淡的星光都是背景
此刻，没有什么能羁绊自己
闹市的声音已经消失
窥视的眼睛已经关闭
我挺直胸脯告诉自己
我不是假我
我是这片土地的主人
我更是我自己的主人

我已经进入通感的境界
周身产生一种神奇的幻觉
耳朵听不见一丝尘世的声响
却听到了冥冥之中的万千虫鸣
眼睛看不到百步以外的景物
却看到了各种神异影像的灵动

什么都可以想
什么都可以不想
崇高与猥琐
精神与肉体
在天地之间生生死死
是概念也是实体

游走,近乎无意识
却更接近生命的本质
我想寻找大地神秘的琴弦
让清风拂过山峦
弹拨出若隐若现的世道真音
　和自然之韵

2016.4.14

心中刮起真实的风

风沙漫过
当摇动的树影趋于静止
阴霾的天空,便绽放出
　湛蓝的亮色

更多的人不喜欢风暴
仿佛尘埃是风运来的
仿佛阴云是风卷来的
其实雨露也是风送来的
阴沉沉的天乃至阴沉沉的心境
也是被风送走的

神游八极

又是夜深人静的时候

我想操一张古琴

弹出思接天地的心音

琴是素琴

有形而无弦

有韵而无声

那就借陶潜在月光下穿越的灵魂

弹出米酒的芬芳

弹出菊花的暗香

当然,也弹心灰意冷

也弹春心萌动

弹浊世的酸腐

弹芙蓉的洁净

弹心若止水

弹电闪雷鸣

弹得空灵丝丝缕缕

弹得沉实悲悲戚戚

弹得烟花三月愁肠百结

弹得大江东去泪雨滂沱

在夜色的覆盖下

什么都可以想

什么都可以不想

如果心中刮起了真实的风

那就睁一只眼睛

看窗外的树梢,如何

 摇动

2016.5.27

独饮苍茫中的美丽和孤寂

又一次走上高原
不是我笨重的躯体
是我在月光下游走的灵魂

高原上没有树木
我站在那儿就成为一棵树
树的思想树的感情
却无法体悟草世界的心绪

雪山静默在远方
放射出银色的冷光
叫不出名字的繁花贴紧地面

铺出起伏绵延的斑斓

经幡在风中摇动
指引着神鹰的方向
大团的云朵悬挂在高空
让星光更亮让天宇更蓝

远处天高地阔
近处有雪山淌下的河水凛冽
风把牛粪风干后的气息漫卷
让神界拥有了尘世的温暖

灵魂独上高原
因为自由无羁
因为超凡脱俗
如一棵不和谐的树
独饮苍茫中的美丽和孤寂

2016.4.27

很难断定自己是否渴望燃烧

不知道主人去哪里了
一支香烟躺在灰缸上独自燃烧
升腾的烟雾是它的灵魂
留下的烟灰是它残存的记忆
未燃烧的部分则深刻地思考
陷于一种生与死纠葛的缠绕

一阵风吹来,掀动窗帘
也把飘摇的灵魂吹得无影无踪
细琐的记忆散落在四周随随便便的位置
表现得肤浅而又苍白

假如我是一支香烟

很难断定自己是否渴望燃烧

我的灵魂将在哪里栖息安歇

谁的火柴能照亮我生命的隧道

思考的状态很迷茫

留下的记忆,也会瞬间

 释放在有与无的哲学里

        2014.3.24

关于骨头

总觉得自己活得很累
精神缺钙却无法伤悲
行进的背影有些弯曲
有时甚至成匍匐的状态

曾见过壮怀激烈的鲜血
  在褐色的土地上无奈地凝结
曾见过断裂的腿骨
  裸露出不规则的狰狞和疼痛
期望自己坚强
让血性撞击绵软的心房
期望自己挺拔

肌腱有腰椎强劲的支撑
然而
当意识到内心开始强大
通体拥有了钙质的感觉
却悲从心起
发现自己竟是一块
　　被丢弃给哈巴狗的骨骼

2013.10.22

养护心灵之花

在酸碱平衡的土壤
在适宜生长的温度与湿度
月季花每个月都能绽放一次
而更多带有花苞的植物
它们生命的怒放
一年只有一次
甚至,一生只有一次

动物也有开花的日子
比如人
他们的花朵开在心里
能听见心花开放的声音

能看见心花开放的形态

因为心中开花

他们的天空阳光明媚

谁都不知道心花开放的周期

有的时间短

有的时间长

谁都在呵护心花的苗圃

有的忙着浇水

有的忙着追肥

心花充满矫情

有的人为心花避雨却遮挡了光照

有的人为心花通风却引来了蚜虫

心花充满宿命

心房开关之间

心花荣枯自知

当善德充盈于心

即使躯体行将枯槁

心花依旧如出水芙蓉

生动绚丽

常开常新

2013.12.5

活在自己的世界

土地因为卑贱

所以能够承载一切

土地因为宽厚

所以能够分解消纳一切

寻找一块没有污染的土地并不容易

未必肥沃,但一定要酸碱平衡

未必平坦,但一定要微生物活跃

而且要有干净的河流淌过

抑或附近有盛满清水的机井或湖泊

在这样的地方我们开垦种植

杨树柳树种在土地的外围

桃树杏树种在土地的田埂地堰

然后,在网格状的田园种植玉米高粱

也间或种上大豆芋头花生和地瓜

最后,在自己的门前栽上梅花和毛竹

让南来北往的季节感受精神的风骨

由此,我们在劳动中建成了自己的田园

在阳光温暖的触摸当中

我们亲近土地

在雨露湿润的滋养当中

土地奉献果实

这种农耕式的生活

涵养在很多乌托邦之人的梦想里

他们并不想真正地出力流汗

他们的思想浮云般游荡在天空

期望找到一方宁静朴实,找到一块

　可以歇脚的地方

一些人因为自闭孤独而游离社会

一些人因为无条件开放而失去自重
迷失与被迷失
在陀螺一样旋转的风俗里演化
让春夏的记忆失色
让秋冬的感觉恍惚

建立自己的庄园
多么浪漫而又理性的抉择
活在自己的世界
寻找归宿的梦想如星星次第闪烁
而把庄园的庄稼和花草树木移栽到内心
成活的道路又是多么遥远和崎岖

2012.12.18

下意识的一个眼神儿

在阳光穿过的玻璃窗前
相互盯着眼睛观望
然后招手,说你好
再然后
我们会坦然交流吗
也许,但我会很慎重

我看到了你眼神中的游移与躲闪
你我只是邂逅
并没有太多的缘源
是本能源于错误的直觉
还是内心产生了颠倒的镜像

看品相你也是个厚道之人
为什么让我产生了抗拒的距离

此刻,阳光温暖
没有保留地照在我们的身上
清茶冒着热气
咖啡散发着苦香
但我们都在内心封闭了一块暗室
脸上却装点着皮笑肉不笑的表情

如果是晚上
我们可能沿着湖边结伴而行
可能会谈很多
可能会走很远
我们会不自觉地把彼此当作自己的影子
因为孤独会使人靠拢,况且
夜色中我看不到你的眼睛

你的游移让我游移

你的躲闪让我躲闪

下意识的一个眼神儿

垒砌起一道看不见的断崖

2015.12.7

俗眼近看天葬台

苍天低矮
高原寥廓
经幡密集
空气稀薄
在接近天的地方
神秘的天葬台更像一个景点
肃然却不寂寞

我为好奇和困惑而来
我看到天空有秃鹫盘旋
它们在觊觎着切碎的肉块和带血的肝脏
我看到台子上有敲碎的腿骨和脑壳

旁边摆放着刀和斧

刀和斧沉默着一动不动

冷冷地释放着孤独和杀气

我寻找天堂的入口

却遇见了世俗的恐怖

去天堂的路似乎并不遥远

天葬台就是最后的跳板

今生的皮囊如果是有罪之躯

天葬则是最后的一次修行

遗憾的是修行不能依靠自己完成

尚需要刀斧与秃鹫助自己一程

2015.11.12

寺院一会儿远一会儿近

极静

弯月挂在天上
独照清冷的寺院
几枝竹影婆娑
如三笔两抹的淡墨

寺院的僧人睡了吗
他们浪费了多少顿悟的禅机
一声接着一声的虫鸣
虽然轻声慢语
却注释着天籁的圣经

渴望沏一壶清茶伴一地月光
与僧人论道谈经
我跟随自己的影子行走
躯体仿佛也变得轻盈
突然一声猫头鹰的嘶鸣
让周边有了悬疑的灵动

寺院开始一会儿远一会儿近
一会儿清晰一会儿模糊
我想到了千年以前的贾岛
他推敲的不是紧闭的门扉
他琢磨的是犹豫不决的心境

我不知道是否有勇气
去打开寺院并不沉重的门闩

2015.4.3

与蟋蟀交流

蟋蟀在门外歌唱
门外是如水的月光

蟋蟀在秋夜里的歌唱
没有落叶飘零的忧伤

籽实都懂得生命的轮回
忧伤是怨妇强加给季节的印章

我听懂了蟋蟀内心的交响
却无法交流命运的坎坷与铿锵

我从身体里抽出一根肋骨
在霜色里如一支诡异的短笛

我想吹出人生的四季
却只听到金属绷紧了的鸣响

       2015.9.19

在现实与浪漫的夹缝里

上班的路上堵车
工作的过程繁琐
灵魂出窍时暧昧
养儿育女时窘迫
在这个平凡的社会,看来
　我只能做一个现实主义者

真想做一个散淡的人
　约二三诗友品茶
　同四五文朋弄墨
宁静的时候看天上的云远了近了
孤独的时候看盆景真了假了

然而,我真的做不到

我就是契诃夫笔下的小公务员
灵魂被附体
思想被打结
纵是心中想着一百个情人
纵是想穿过整个世界去睡你
却迈不出腿上的脚

走在现实和浪漫的夹缝里
理想犹如小脚女人的绣花鞋
光鲜的是外表
痛苦的是脚趾

2015.9.8

如果诗歌是一棵树

如果诗歌是一棵树
它的幼年是蓬勃向上的
叶芽嫩绿
枝条风情万种
在不同的季节
诗歌树忸怩作态
被风弹拨出不一样的声音

如果诗歌是一棵树
沧桑的树干昭示出壮年的风骨
这时节叶子的喧哗愈来愈轻
粗黑的树皮遮挡了年龄的悬浮

如果诗歌是一棵树
老年以后
它潜藏的根系,远远超出
　树冠覆盖的面积

　　　　　　2014.1.7

在深夜聚拢

审视形成我诗歌的文字
发现在一点一划一撇一捺之间
经常有一种清凉的感觉
那是子夜时分月光潮水一样漫过
留下的记忆

我把文字拢在一起
搭成一堆柴火的模样
我渴望燃烧
希望借助风的力量释放烈焰
哪怕只是瞬间的一次爆响
我也将拥有一个曾经的温暖

而月光总是冷静如初
一遍又一遍地覆盖我的思想
其实
这样挺好
在没有竞争和倾轧的时间里
花开无声花落无意
却有露水悄然入土

2014.11.7

诗歌创作

偶尔的灵感带着青葱的思想

如夜行的蝙蝠,飞翔

　　却没有固定的轨迹

而天空散落的流星

则贸然地栖息在我的头上

化作一根又一根白发干枯的骨头

这时候夜深人静

独自听心灵独语

看魂魄笨拙地跳舞

心中仿佛有一株豆芽在破土

这时候阴阳交割
苍茫的宇宙之中
黑暗正在封锁太阳
黑暗也正在托起太阳

      2014.4.16

原创歌手

蜘蛛吐丝织网
桑蚕吐丝做茧
蜜蜂纳百花而酿蜜
它们都奉献了自己独有的精神和物质

一把吉他就够了
原创歌手还能有什么呢
生活与生存让他们负重
肉体与精神一起流浪
或粗哑或圆润
特质的嗓音充满渴望或无奈
唯有一腔热血绽放生命

让骚动的灵魂在真诚里燃烧

他们像工蜂
更像桑蚕像蜘蛛,吐丝
　织自己梦想的甘苦
他们唱着喊着就哭了
感情涨潮
是没有堤坝能够挡住眼泪的

鹦鹉的声音婉转多变
但没有人称之为歌手
原创歌手都是苦吟的诗人
他们熬的是生活
耗的是血脉

2014.3.15

我的灵魂附身于一只幸福的羔羊

我嗅到了浓郁的草木气息

正是农历的六月天
即使是城市的深夜
也如卸了妆的资深女人
松弛于喧嚣退去的安静
松弛于光与影的或明或暗

倘若在农村
金黄的麦子该收割完了
玉米刚刚长出绿苗
花生棵和地瓜蔓正呈现蓬勃

这时节知了尚未钻出地面

青蛙早已过了求偶繁殖的季节

农事,进入了一个短暂的休闲期

无论在城市还是农村

六月的夜晚都开始弥漫草木的气息

喧嚣的人流早已隐退

聒噪却不知疲倦的机械停止了轰鸣

即使是一些野性的动物和温和的畜禽

   也开始了睡眠

而草木的气息却丝丝缕缕

如烟似雾

如泣如诉

草木的气息是为静谧和安详而生

它是一个盘桓于天地之间的灵魂

存在于无形

游动于自然

在夜的形式和夜的内容里游走

袒露出一片拘谨而羞怯的素心

此刻
我的灵魂附身于一只幸福的羔羊
我想把草木的气息充盈在心里
却不小心碰落了叶子上晶莹的露水

2014.7.19

错 位

一个人裸睡在自己的房间
不管他(她)是男人还是女人
比如我
门户紧闭
厚重的窗帘也已经拉上
被子盖与不盖取决于季节的温度
裸睡的人没有担心与不担心

一群人在澡堂里沐浴搓背
不管他(她)们是男人还是女人
比如我的同事
皮肤苍白刺眼

私处夸张暴露

内心羞不羞怯取决于思维的防护

裸体的人没有拘谨与不拘谨

昨夜大约两点四十

我在睡眠中开始梦游

来到碧绿的菜地

听高一声低一声自由的蛙鼓

记不住自己有没有穿衣

只感觉漆黑的夜里有一束奔放的追光

照彻憋闷的心里

今天我一如既往地上班

西装革履扎了一条鲜艳的领带

办公室墙体壁立空气安静

第六感觉却捕捉到周围有偷窥的目光

它们阴冷的力量要撕开我的衣裳

暴露裤子的前裆掀起上衣的后背

我紧紧地裹住了两只交叉的胳膊

试图压住内心莫名的恐慌

晴朗的天空瞬间晦暗

我不知道这种感觉正不正常

只知道前半生跨进紧张玄奥的职场

后半生正在无意识地盲目跟进

像一条失去知觉的左腿,跟着

 另一条左冲右突的右腿

        2014.3.18

借着微弱的灯光

很多时候

我们都想把自己的人生写成文章

用长长短短的句子

讲述平淡而有韵味的故事

用自然流畅的笔墨

辑录有惊无险的情节

而故事往往沉闷没有悬念

情节往往涢散了悲喜的传奇

正如从春走到冬

田野归于寂静和萧条

土地褪去溽热和繁华

此刻

因为阳光而呐喊生长的万物

已经没有办法掂量阳光的重量

当生命的灯盏即将燃尽的时候

借着微弱的光芒

我们阅读当代浩繁的史记

竟发现自己甚至都不是一个字符

只是汉字当中的一个笔画

只是拼音当中的一个字母

2014.1.6

新桃园结义

天下熙熙
地上攘攘
桃园的僻静之处
又走来三个结义之人

磕头作揖
歃血为盟
然犹嫌不足
三碗酒后
各自抽取一根肋骨
插地为证
立此为誓

半年之后

插地的肋骨

一根长成铮铮的树干

一根长成匐匋的藤蔓

另一根,则发黑变枯

成为一截被风化的标本

2016.1.21

疯人的呓语

夜色已深
酒兴正酣

甲说:不是咱吹
给个梯子
俺能上房

乙说:上房也只能上平房
给个电梯
我能上天

店小二说:被酒泡着
你们都坐云梯

两泡尿后你们都坐滑梯

甲说:给个支点
我能撬动地球

乙说:给个长棍
我能把天捅个窟窿

店小二说:支点在月亮上
长棍在金星上
你们去拿来
我比你们能

店老板说:地球不用撬
 每天都在动
把天捅破了不是下雨就是下冰雹
谁也别吹
赶快掏钱结账

2014.8.17

失重之人

从物理学的角度
世间没有失重之人

而在社会学的视野里
失重之人不是一个人
不是少数人
他们是一群人

他们如失去牵引的氢气球
摇摇晃晃飘浮在空中
因为悬空的高度不同
他们之间既封闭又沟通

失重之人目空一切

都认为自己底蕴深厚

上帝说他们是迷途的羔羊

对方位失去了判断

对感觉失去了概念

他们即使摔得鼻青脸肿

也继续沉湎于自慰的梦游

2016.1.28

牙疼臆想

是牙龈肿痛

还是咬合肌发炎

疼与痛交织在一起

释放出一种焦躁和无奈

心烦意乱

想用自己的手掌掴自己的脸

是咬牙发了不该发的狠

还是舌头搅动了固化的是与非

牙疼,无以言状

像是一种宿命的报应

2016.2.12

临崖观海

远处涌动的波浪像移动的山体
传递着力量的深沉与壮美

波奔浪涌
演绎千年的风云变幻
涛声依旧
重复高潮后无情的跌落
而海鸥,因为矫健
享受处变不惊的壮烈
而崖石,因为坚守
领略忍而不发的崇高与凝重

临崖观海

我读到了控制与放纵的棋局

临崖观海

我悟透了功败垂成的悲喜

2013.12.22

滑行的境界

经常想到飞翔

想到飞翔
不是羡慕鸟儿有一双翅膀
可以飞过山峦和湖泊
可以掠过草原的花海和田野的庄稼
把自己的儿女生养在最安全舒适的地方

想到飞翔
是因为喜欢鸟儿滑行的姿态
即使背负着远方的欲望与诱惑
也有沉静的从容

也有俯视享受的过程

飞翔需要翅膀
但不需要始终舞动搏击
当我意识到滑行是一种美
就发现了内心潜藏的疲惫

又一次仰望鸟儿的滑行
运动中的静态之韵
衬托出我的老态

其实,我已是一个老人
只是未达到滑行的境界

2015.10.11

当我很老很老的时候

浩瀚的夜空划过一颗流星
留一抹亮色
很美,却听不到一丝声音
弧形的轨迹
有方向,却寻不到跌落的边际

当我很老很老的时候
我不希望像流星一样燃烧
天空很寒冷
我的热量温暖不了整个宇宙
一生几乎都在光的背面行走
瞬间的亮度无异于死亡核发的签证

我想如秋日山岗上爆裂的板栗
在北风的摇晃中回归泥土
世俗的社会有干旱有虫害
开花结果也成为一个必然的过程
就在那堆枯黄的山草旁边安身
任雨水淋泡
让冰雪覆盖
享受果落归根的意境与情怀

不知道明年我能否长成一棵树苗
但我会在春天里耐心等待
即使如流星一样不能再度升起
仍然可以仰望,仰望母树
　吐纳的葱茏气息

2014.3.21

凉,让一些心壁长出细密的白发

今天是霜降的日子
书上说从今天开始枫叶就红了
其实很多乔木灌木的叶子早就红了
霜降只是一个坎儿
一个意味着肃杀和飘零的坎儿
一个用白染红的药引子

更多的时候
红色宣示着生命的存在
在这里红色则寓意着结束
红叶落在山间的溪水里
随波逐流

随遇而安

流浪，让红叶失去了归属感

在凉意里游动的鱼儿
仿佛看到了天边驶来的红帆船
青蛙王子看到红叶倏然而过
在冷风中僵硬的身体更加僵硬

寒露凝霜
似白纱覆地成就的挽幛
红叶遮挡不住死亡的气息
凉，让一些心壁生长出
　细密的白发

2013.10.23

失去叶子的银杏树更加骨感
没有风声的早晨更加宁静
仿佛有一种神秘的力量在昭示
日月有常
时光如刀

辑 三

一支铅笔的梦游

夜深人静的时刻
肉体、精神乃至潜意识
本能表现得比欲望更加充分

当人们在鼾声中次第睡去
一支铅笔朦胧中在写字台上立起
驻足在洁白的A4纸上
如梦游者走上空荡荡的舞台

窗外的月光宁静如水
空气中弥漫着生动的湿润
铅笔本能地认为该写点什么

但只记得北方挺拔的松树
　和高挑俊美的白桦林
只记得树枝上栖息着优雅的鹭鸶
　和机警中来回奔走的梅花鹿
铅笔想把这一切都描绘下来
但来自内心的悲伤
　像潮水一样覆盖了过来

铅笔又一次嗅到了纸张的木质气味
死亡的气息层层逼近
煮豆燃豆萁的感觉突然萦绕于心

铅笔本能地停止了梦游的状态
它把自己站立成枯死的树桩
然后从窗外捡起一片哀伤的月光

月光似鹭鸶遗留下的白色羽毛
悲情地洒落在树桩的周围

2013.10.20

肉体世俗灵魂纯洁

正如夏天盛开的马兰秋天怒放的菊花
在有机肥涵养沤熟的土壤里
它们的根系自在而舒服地伸展

设想过上清风明月的日子
在江南雨后某个僻静的小镇
山垄起伏,一片一片的油菜花
　醒目地黄在绿色的相框里
我骑一匹白马,像在海洋里漂浮的帆
一会儿被绿浪淹没
一会儿被黄潮托起
透明的山风洗濯而来

只轻轻一缕

已清澈心肺

当我从梦境中醒来

却无奈地记不起小镇的方位

油菜花已到了结籽的日子

阳光有些粗暴地照射在田埂上

远处没有诗意的白马

近处却有几头粗黑的水牛

它们的身上尚有几道鞭痕

身后跟着一群肮脏的牛虻纷飞

2014.2.20

阳光,找不到回家的路

烧红的太阳还没有完全陨落
洁白的月亮就挂在东天上了
人们说这叫日月同辉
昭示着天地和顺族群吉祥
我把这种风清气朗的景观刻录在心壁
珍藏,沉淀为
　曾经拥有的记忆

今天
我们尚没有完全实现城镇化
城市病已经随着拥堵梗塞得更严重
我们尚没有完全实现工业化

工业病已经随着酸雨无节制地漫延
我不知道文人们如何描述这种状况
此刻感到心绪郁闷,鼻子嗅到了
　　刺激呛人的气味

有时,我想把雾霾想象成潮湿的雾气
这种思维带有明显的强迫症印记
而偌大的城市如一座牢笼
车流在昏暗中缓慢地挪动
拥挤的楼房约隐约现,压抑
　　没有半点灵气

我想逃避
但找不到应有的归宿
我怀念曾经最廉价的阳光
怀念最平凡而又最清澈的一缕微风
而它们仿佛都是久违的朋友
此时,岁数已迈老年痴呆
它们在不太远的地方徘徊,找不到

回家的路

冬雪开始覆盖
众多笨重的锅炉又烧旺了一些
又一批崭新的汽车挤上拥堵的街道

      2013.12.28

遭遇雾霾

雾霾,悄无声息
如一张巨大的死亡之网
笼罩了北方的城市和乡村

天空阴暗
影影绰绰的楼房灯光
灰头土脸的树木桥梁
仿佛都积蓄了愤懑的力量
在压抑中痛苦地扭曲了脸庞

我感到了世界末日的恐怖
人类正进入集体慢自杀的状态

看不到魔鬼的青面獠牙

死亡正以无挣扎的方式压迫式推进

所有的人都表情凝重

没有人能够逃遁死亡的吞噬

是冷漠锈蚀了心灵

还是贪婪遮蔽了阳光

当因果在宇宙中完成又一次轮回

不知道谁能够撬动改变的方向

在逐利的路途上行走

后边的人被前边的人淘汰

先行者则因为无节与无度

自己挖好了埋葬自己的坟墓

天空的晴与暗生命的阴与阳

其实只有很短的距离

在雾霾中活着和死去

魔瘴正淹没生存的欲望和意义

有的人在无奈中消失
有的人开始诅天咒地
而有的人仍在制霾造墓
他们利欲熏心，已经习惯
　　止渴饮鸩

2015.12.1

梦见猴子捞月

思维很清晰

脚步也很稳健

梦中却迷失于空灵的景色

树影婆娑

风清潭清

有吱吱呀呀的猴子正在水中捞月

我意识到这是寓言故事

是文人的虚构

是孩子们的游戏

此刻,一切都在真实地演绎

猴子次第搂抱

月亮在水中摇晃

意境里充满神秘
世界正上演妇孺皆知的传奇

早晨
惊讶于天方夜谭式的荒诞
电台又发布雾霾的黄色预警
呜呼
明月几时有
清潭何处存
即使寻到山色如黛流水如蓝
我们又到哪里捡回捞月的纯粹和童真

2014.3.12

忧 春

当我开始用手心去测试冰锥融化的暖意
春天,就试图从指缝间悄悄溜走了

春天实在是一个虚荣的女子
杏花桃花海棠花甚至遍地的油菜花
都是她不经意换下的衣服
她冬天里预交了订金
惊蛰刚过
快递的邮件就次第送来了

当温暖的山风又一次撩起我的额发
我想,那么多的新衣服

这个粗心浮躁的女人是否都穿过呢
如果有漏下的
该什么人穿给另外的什么人看呢

有一天
面容枯黄的宅男对忧郁的剩女说
没有听见布谷鸟的叫声
地里怎么长出的一片茵茵绿意

2014.2.26

地上盖满秋天的印章

山坳的四合院如一座寺院
在清冷的环境里守拙
房主不知哪里去了
据说已做他乡的野鹤闲云

一夜风声雨声
凌晨听到一声两声雁鸣
雨落下了
院子里生发出凄凉
叶子落下了
地上盖满秋天的印章

萧条是一种解脱

飘零是一种放下

失去叶子的银杏树更加骨感

没有风声的早晨更加宁静

仿佛有一种神秘的力量在昭示

日月有常

时光如刀

2015.11.3

乡路是从天空飘落的炊烟

蜿蜒起伏的乡路
是相互扯连着的一条条绳索
网格状的态势
让乡村连着乡村
让乡情连着乡情

有了乡村就有了乡路
甚至没有乡村就已经有了乡路
乡路上有多少脚印就有多少故事

脚印有深的有浅的
脚印有正的有斜的

脚印有男人女人的也有牛马猪狗的
乡路的年龄太长了
它记不清听过多少遍迎亲的唢呐
也忘记走过了多少送葬的丧幡
坑坑洼洼的路面
沉淀了一层又一层沧桑的风声和雨滴

乡路是从天空飘落的炊烟
调和着悲欢离合的故事
散发着柴米油盐的气息
乡路一直以恬静的姿态
抱着断断续续的记忆
弯曲着纠结着
延续丝丝缕缕的乡愁

2015.1.17

灵魂在故乡

星空迷乱

天河苍茫

深秋的夜晚凝露成霜

在一声两声蟋蟀的叫声里

我听到了故乡的树木在四百公里之外

　　落叶的声音

月亮的冷光照着我的独行

也让长长的影子跟着我

在这孤寂之地

长长的影子就是我的姊妹兄弟

此刻

柿子树石榴树的叶子都脱落了

地上沉淀了一层卷曲褪色的日光

树上的果子并没有摘光

两只柿子像灯笼

三只石榴像铃铛

它们挂在故乡的树梢

有些招摇

有些骄傲

仿佛是乡土最鲜明的印章

而我

多像一朵蒲公英

被一阵廉价的风贩卖到城里

虽然找不到自己的二维码

却被真实地注册了商标

突然想到

父亲的坟墓要添几锹黄土

孱弱的母亲要再披件加厚的衣裳

行走在深秋的夜里

身子在城里

灵魂在故乡

2014.11.1

故乡的河流是一条脐带

河水不因季节而断断续续
它紧贴着地面蜿蜒起伏

河流扭动痉挛的样子
像产科病房里猩红的脐带
母亲静卧在什么地方
婴儿熟睡在哪个位置
我好像知道又不知道

母亲是否丰腴安康
婴儿是否自然顺利地生长
河流用粗细的流量制造悬念

水质用变化的刻度标示体征

此刻
天空飘落下纷纷的细雨
河段呈现出生动的明亮与暗色

一道门槛是一个季节
一条河流是精神的寄托
存储的底片里有多少欢乐
现实的相册里就有多少遗憾和失落

河水在沉寂中延伸
故乡在烟雨的山水中洇染
安静多么美好
偶尔的蛙鸣如婴儿的啼哭
发散出真实的硬度与无边的禅意

2014.8.7

乡村的磷火

在夜色里行走
崎岖的山路漫长而又孤独

树是黑色的
田野是黑色的
远处的山峦影影绰绰
而思想的道袍自由跳跃
如轻盈的磷火
仿佛在探究城乡的纹理
或者品味风声掠过时留下的气息

一个村庄消失了
又一个村庄消失了

村庄的鸡鸣狗吠

村庄的打情骂俏

甚至关于庄户的辈分格局

关于村民的风俗宗教

都随着中心村的崛起而消失

就像经过上午的阳光下午的暴雨

尽管电闪雷鸣轰轰烈烈

但归于夜色

都消融得如露水一样地来

如露水一样地去

于夜色里行走

孤独的身影如孤独的鹰隼

在乡愁的天空呈现出自由的神韵

我想吟咏怀旧的诗句为自己壮行

却发现土地公公亦在路上踟蹰

他的脑门放着冷光

亦如田野里跳动的磷火

2015.9.25

自然界的辩证法

今夜
天空有流星雨划过
人间将增加更多仰望的眼睛

然而
阴沉的乌云如一种包袱
把天体的壮美都装了进去
天空黑暗
仿佛什么都没有发生

该来的来了
不该来的也来了

两者的不期而遇
让期待在无奈中悄然流逝

而干旱的土地嗅到了雨水的气息
满坡的庄稼表情激动

此刻,我想潜入一株谷子沉思的内心
去体验世俗的黯然与伤害

2013.11.24

爹的坟堆在秋雨中寂寞

秋雨如约而至
淅淅沥沥敲打红的黄的叶子
山峦充盈着缠绵的雾气
冷风涌来
冰冷的感觉
仿佛置身于凄惨的故事

细密的雨丝不急不躁
每一次滴落都交割着深秋的信息
寒露已过
霜降又至
雨水让干旱的土地打个激灵
田野融于删繁就简的过程里

麦苗儿绿了

秋虫儿叫得弱了

田鼠忙着存粮

野兔忙着打洞

我在秋凉中想到了爹和娘

此刻

爹的坟堆在雨中寂寞

坟堆上的茅草在冷风中摇曳

娘的凝望里贮满了悲悯

无声的牵挂在烟雨中拉长

风声正紧

雨声正浓

我不知道如何能调适四季

温暖凋零的季节

也温暖打着寒颤的心房

2015.10.25

父亲的地堰

这是一段带有弧形的地堰
窄窄的,长长的
中间有几处用瘦小的石块垒起
像一条破旧了的裤筒缀补的补丁
地堰的两边是返青的麦苗
如一件蓝色的褂子敞开了对襟

清明时节
一场细雨淅淅沥沥
把越冬的鸟儿赶回北方的山林
潮湿的地堰生动起来
荠菜苦苦菜泛绿

解毒去火的茵陈蒿灰白

一些不知名的野草紧贴地面

开出一些或淡或艳的花儿

蝼蛄蚂蚁忙碌着开疆拓土

机警的野兔偶尔也站在地堰,瞭望

 远处潜伏的信息

地堰的那一头是一块坟地

那里埋葬着我已经离世的父亲

从地堰的这端望过去

父亲的坟墓像被一根草绳牵着

父亲曾常年在两边的田野里劳作

铧犁翻起的土地留下了一行又一行脚印

土地里生长过玉米大豆

也换茬种植过花生和地瓜

父亲曾经在地堰上歇息

左边放着尖顶的斗笠

右边放着快磨秃的锄头

吸一口劣质的纸喇叭卷烟
飘散的烟雾就带走了日子的沉重

今年的麦苗长势好
我不知道地下的父亲知不知道
只觉得烟雨中有人从地堰那端走来
似曾相识的脚步和佝偻的腰身
让我禁不住一阵一阵想哭

2014.3.14

雪花可能是耍大牌了

一个冬天都没有下雪
无雪的冬天还叫冬天吗

雪落无声
即使纷纷攘攘的雪花粉饰了天空
雪也是低调的
雪也是沉默的
而今年冬天的雪却迟迟不肯降落
让赤裸的原野接近于丑陋

是雪花亏欠了一个冬天的季节
还是时光虚度了一个无雪的冬日

逻辑遭到扭曲
情理仿佛已经断裂
而断断续续的风依旧在诉说
雪花不会消失
雪花正走在路上

也许,雪花正走在路上
雪花可能是耍大牌了
或者在不该歇脚的地方睡着了
垂柳已经泛绿
迎春花就要绽放
隐约听到有沉闷的远雷滚过
伴随着雪花无声的哭泣

2015.4.4

熨平一地感性的月光

月亮走了一万年
静静地来
静静地去
寂寞的姐姐抑郁吗

今晚是上弦月
我想把一个铃铛挂在月亮上
又担心下弦月时
铃铛滑落在不知名的地方

心境向远
欲海摇橹

真想拣起中秋的月饼
熨平一地感性的月光

篱笆下的秋娘开始咏唱
不知是否被月光触动了忧伤

2014.9.2

岸之状态

在水一方
遥望
目光弯曲沉淀的地方
就是岸

岸就是一种实地存在的感觉
是一段延伸希望的路程
当焦虑如波浪一样袭来
岸是一种稳定,甚至
是对未来更具野心的祈求

一阵风吹来

浸染了不同底色的情绪就会飘浮

天空因此有了明暗

意识开始游离于根基

当自由膨胀到无限大时

思想已经寻不到沉落的岸边

岸是随流水延长的河堤

岸是随车轮移动的路基

岸是母亲唤孩儿时的长调

有的时候，岸

是一根悬垂的风筝引线

2014.4.27

爱琴海岸的酒吧街

爱琴海的阳光
纯净而又明亮
它们如少女金色的秀发
瀑布一样倾情地挥洒

每一缕光线都穿越历史
它们拥挤在一起
磕磕碰碰延续着传奇
神话的色彩隐约淡去
浪花依然跳动着性感的舞步
土地则默默地沉淀着厮杀的记忆

酒吧街面海而居

酒吧一个连着一个

吧台一排连着一排

年轻的组群拥挤在一起

遮阳的篷帐聚拢浪漫的气息

女人扭动腰肢

男人彬彬有礼

他们抽烟喝酒交谈调情

风雅里潜伏风骚的躁动

马拉松的道路很长

橄榄树的叶子正绿

吧台边是否藏匿着缪斯和雅典娜

我在仔细寻找却始终找不到

期望天空跌落伊甸园的青苹果

我在认真思考上帝在暗自发笑

2016.6.1

德意志黑色的鸽子

在德意志的土地上
车站、广场乃至商铺的门口
走动着很多黑色的鸽子
它们温顺善良自由
咕咕叫着与人共处
黑色的羽毛透着鲜亮的油性

有时,成群的鸽子在空中盘旋
绕过教堂高耸的尖顶逐渐远去
我不知道是主为鸽子穿上了黑色的袍衣
还是历史的炮灰熏黑了鸽子的翅膀

印象中的鸽子多是灰色和白色的
生来就注定是和平的使者
而黑色的鸽子也是鸽子
一样的温情
一样的忠诚
我相信黑色的鸽子更多一份沧桑
它们的飞去是因为寻找
　寻找橄榄枝生长的故乡

2015.9.30

鸽子在无意中缝补历史

教堂里没有经声佛号
但有苦海梦迷之人
空灵的钟声敲落浊世的尘埃
烛光婆娑,照出
　魂灵短长肥瘦

有情节的壁画不曾喧嚣
它们静默为圣洁的经典
唱诗班的声音响起
纯粹而又平和
没有名利的香火聚烟成梯
这里的世界却通透天地

一只野鸽子飞进来

听见布道者讲述乐园的故事

它分不清十字架指向的意义

咕咕叫着寻找自由的天空

从教堂里出来的鸽子飞得沉重

它的翅膀划出巨大的弧形

又一轮钟声遽然敲响

浑厚的声音穿越时空

此时，天地诡异

东边日出西边雨

鸽子在无意中缝补历史

2015.10.3

独饮苍茫中的美丽和孤寂

——《一只眼睛睡了 一只眼睛醒着》跋

刘东方

2016年,迟云完成了他的又一部诗集《一只眼睛睡了 一只眼睛醒着》。

独饮苍茫中的美丽和孤寂,是迟云的一首诗歌的题目,也是诗人对自己写作状态的描绘。在《一只眼睛睡了 一只眼睛醒着》这部散发着现代主义和理想主义精神体温的诗集中,诗人继续用他一以贯之的充满理性和哲理的思想之光透视、评判这个"正在脱缰的世界",传达现代人尖锐的生命痛感,在城市喧嚣与浮华的背面且行且思,循着那逶迤而来、丝丝缕缕的"草木气息",在几乎被湮没和遮蔽的灵魂深处寻找和重构那片能够成为精神寓所和灵魂栖息地的"青草地",其中氤氲和蒸腾的那股"真气"则愈见厚重和沉着。

一　诗思与深化:"世界正在脱缰"

迟云的诗歌创作始终体现了知性诗歌的特色,正如张清华所说:"我看重迟云的写作,因为他的写作中倾注了对行走这一姿态和过程的禅悟,充满了思的气质与冲动、充满了思的辩证与凝重。"①其实诗与思的有机融合是中外诗歌创作的不二法门,海德格尔就认为:"思就是诗,尽管并不就是诗歌意义的一种诗。存在之思是诗的源初方式……存在之思是原诗(Urdichtung),一切诗歌由它生发……广义和狭义上的所有诗,从其根基来看就是思。思的诗化的本质维护着存在的真理的统辖,因为真理思地诗化。"②海德格尔认为"思"是诗的一种基本品质,"思"的品质影响着"诗"的品质。中国传统诗歌也是如此,中国古典诗歌不但有唐诗那样的情韵型诗歌,也有宋诗那样的智慧型诗歌,中国现代诗歌中亦有冯至、戴望舒、卞之琳、穆旦、林庚、郑敏等著名的知性诗人……在《一只眼睛睡了　一只眼睛

---

① 张清华:《释放出思想幽蓝的锋芒》,《行走　穿过思想的树林·序》,明天出版社2013年版,第10页。
② 海德格尔:《林中路》,孙周兴译,上海译文出版社1997年版,第303页。

醒着》中,迟云在原有诗歌创作经验和积淀的基础上,凭着自己的睿智、敏感、天赋、勤奋、执着,以及对人生的感悟和对诗歌的挚爱,从现代人的生存境遇出发,在"诗性之思"这一轴线上有着较大的突破和更加深入的挖掘。

如果说迟云以前的诗思更多关注现代社会中个体生存的意义和价值,比如信仰的缺失、"终极关怀"的失落和生存的"意义危机",《一只眼睛睡了 一只眼睛醒着》的思考维度则更加多维化和复杂化。在迟云笔下,我们不但看到了外部现实裸裎的横切面——这里涌动着汹涌的欲望、扭曲的灵魂,这里的精神在失落,文化传承出现裂变,优雅的审美生活在缺失,世界"像不停止的陀螺"快速旋转,更能体验和领悟到诗人面对这个世界冷静的思考和从容的考量。以"沙子"这个意象为例,以往"沙子"在诗人笔下只是象征着渺小,但在《一只眼睛睡了 一只眼睛醒着》中,却赋予"沙子"以崭新内蕴。在该诗集中,沙子屡屡"显身",如《沙子在任何时候都是沉默的》《潜入沙子的内心》《集体的沙子个体的沙子》。首先,他以"沙子"的"被动性"表征个体在宏大力量前的无力感以及由此产生的同情感。当个人受到外力粗暴的碾压之时,"我想到我是一粒沙子/沙子是不会有情绪表达的/沙子已经习惯了被有意无意地强暴/

沙子在任何时候都是沉默的"①"经历过斗转星移的分裂风化／却始终不说一句话"。"沙子"是无名的个体,但也有着生动细节和细腻内心,虽然它们沉默,并持续地被剥夺:"我更愿意潜入一颗沙子的内心／细数它心灵上斑驳的纹痕／领悟曾经的炽热与风霜／然后／在孤独中磨平一切无意义的臆想"。其次,以"沙子"表征在现代社会中作为集体和个体形式的存在关系。集体形式的"沙子"可以产生或者粗暴或者温柔的巨大力量,作为个体形式的沙子与外力抗争,即使是胜利,也难逃脱被抛离的结局:"沙子们一旦脱离集体／它们便将无声无息／倘若被人带到鞋子里／它必定与脚板抗争／它是胜利者／也一定是出局者"。再次,通过"沙子",传达出对世界和人生的哲理性认知。布莱克曾在他的诗歌《天真之兆》中通过"沙子"体悟到了宇宙和世界的"宏大","从一粒沙看世界,从一朵花看天堂,把永恒纳进一个时辰,把无限握进自己手心"。在布莱克看来,"沙子"意指空间之"微末",存在之"渺小",而这"微末"与"渺小"之中,却有着联通宏大"世界"与"天堂"的意义。对于

---

① 限于篇幅,文中所引用迟云的诗歌,除特别注明外,均出自迟云的诗集《一只眼睛睡了　一只眼睛醒着》(人民文学出版社2017版)、《行走　穿过思想的树林》(明天出版社2013年版)和《走上旅途》(山东文艺出版社1991年版),不再一一注明出处。

"沙子",迟云也与布莱克有着共同的认知,试看《心中刮起真实的风》中:"风沙漫过／当摇动的树影趋于静止／阴霾的天空,便绽放出／湛蓝的亮色"。诗人传达出"风沙"表面上与风暴、阴霾相连,本质上它又可以与"湛蓝的亮色"相互转换的哲理。

类似的意象还有"被膨化的种子"。种子原是蓬勃生命的延续,是希望的象征,是"单调然而又平实的生命演化"中重要一环,但在《被膨化了的种子不再是种子》中,种子因在"欲望的勃起"中"丰满放大了自己",却永远丧失了延续生命的能力,虽然它渴望新生,但"雨水再丰沛田野再肥沃","爆米花也长不出一片新绿"。同样,那些"膨胀的鬼魂"失去了自重,"如隐形的苍蝇","传播着腐烂的病因"。这里的"欲望的勃起""膨化""膨胀"实则是一种被异化、扭曲、变形的生命形态。在诗人笔下,此时的"种子"表征了现代社会"欲望"的泛滥。在追逐欲望的道路上,人们丢失了自由,迷失了自我,在追逐物质利益的同时无形中丧失了追求精神自由的能力,"人们似乎是为商品的欲望而生活。他们把小汽车,高传真装置,错层式家庭住宅,厨房设备当作生活的灵魂"①,"城市人"让本该蕴含着纯真和希望的

---

① 马尔库塞:《控制的新形式》,江天骥主编《法兰克福学派——批判的社会理论》,上海人民出版社1981年版,第113页。

"种子"不断膨化,在城市的炉膛里成为单向度欲望的异己之物。在《一只眼睛睡了 一只眼睛醒着》中,像"沙子""种子"这样蕴意丰赡的意象还有很多,如"青草地""森林""羔羊""夜"等。迟云的新作在意象本身不断"增厚"和"增重"的同时,诗歌的思想和内涵较以往有了较大程度的深化。

与意象相连的为诗歌思维模式的深化。迟云以往诗歌的创作模式多为"类比式思维",也就是说诗人通过对直观表象的比拟和联想,使诗歌获得比较直接的理性的体悟,这也是知性诗歌较为常用的思维模式,如何其芳的诗作《河》,表现了一条从深山中流出并整日"歌唱着"的河:"你从我们居住的小市镇流过。/我们在你的水里洗衣服、洗脚。/我们在沉默的群山中间听着你,/像听着大地的脉搏。"这只是对表象的直观式表现,随后何其芳对河水的流淌声作了"像听着大地的脉搏"这样开阔的遐思和联想,这就使"河"这一表象散发出诗歌的哲理意味,使读者体悟到,我们喜爱人类唱的歌,更热爱大地的歌,热爱大自然的歌。在迟云的前两本诗集中,这种"类比式思维"就有较多的应用,如《关于行走》:"鸡在行走/鸭子在行走/黄鼬和野狐也在行走/狗和猫在行走/牛和羊在行走/老虎和金钱豹也在行走/每种动物的行走都有自己的特点……每一个活着的人都在行走/行走使人的身后留下歪歪斜斜的影子/人的行走不仅仅是脚步的移动/其实是一种态度的选择和生活的节奏"。诗人通过鸡鸭黄鼬野狐牛羊老虎金钱豹等动物,来类比联想当下现代人们不同的行走行为和姿态,"像狼狐一样游弋/像鹅鸭一样蹒跚/或磊落或猥琐,每个人的行走/都能在动物界找到仿生的影子"。在《一只眼睛睡了 一只眼睛醒着》中,诗人的诗歌思维模式有了突破和深化,具备了"虚幻式思维"的特征。所谓"虚幻式思维"是指诗人摆脱了"物"与"知"之间的直观类比和联想,通过虚幻的思维,在抽象的层面上找寻"物"与"知"之间形而上的内在关联。如艾青的《春》,该诗是为左联五烈士作的悼诗,全诗虽然也对"那些夜是没有星光的""龙华的桃花开了"作了表象直观的表现,但随即幻现出古老的土地上传来"顽强的人之子的血液"的流淌声和"寡妇的咽泣"声,幻现出这些血液"经过了冰雪的季节"和"无限困乏的期待",在夜里"爆开了无数的蓓蕾/点缀得江南处处是春了"……面对这些真实的和虚幻的相交融的表象,诗作写道:"人问:春从何处来?我说:来自郊外的墓窟。"诗歌理性力量陡然而生:杀戮之后有再生,死亡之后是新生。迟云的诗作也是如此,试看《忧春》:

当我开始用手心去测试冰锥融化的暖意
春天,就试图从指缝间悄悄溜走了

春天实在是一个虚荣的女子
杏花桃花海棠花甚至遍地的油菜花
都是她不经意换下的衣服
她冬天里预交了订金
惊蛰刚过
快递的邮件就次第送来了

当温暖的山风又一次撩起我的额发
我想,那么多的新衣服
这个粗心浮躁的女人是否都穿过呢
如果有漏下的
该什么人穿给另外的什么人看呢

有一天
面容枯黄的宅男对忧郁的剩女说
没有听见布谷鸟的叫声

地里怎么长出的一片茵茵绿意

  诗人非常巧妙地将"杏花桃花海棠花甚至遍地的油菜花"形容为春天这个女子"不经意换下的衣服",用"换下"虚幻四季的更替与人生的重复,并用"订金"和"快递的邮件"来再次表达春天的"现代机制",从而引导出现代社会中现代人的疑问:"面容枯黄的宅男对忧郁的剩女说/没有听见布谷鸟的叫声/地里怎么长出的一片茵茵绿意"。"面容枯黄"对应了城市人的身体健康状况,"忧郁"对照了城市人的心理状态,既传达了宅男与剩女在城市钢筋水泥的森林中与他人、与大自然隔绝的生理和心理状态,因为城市的轰鸣早已淹没了布谷鸟的叫声,同时也表明了人们内心对春天的向往,对冲破城市牢笼的渴望。但更为重要的是,诗人早已经认识到并告诉了我们,这个"春天",象征着或希冀或理想或人们内心渴求的生活方式和生存方式,却也是"订"好的和"快递"来的,"忧春"的哲思由此而生,城市人的荒诞性由此而生,对飞速发展的城市文明的批判由此而生……

  在《一只眼睛睡了 一只眼睛醒着》中,除了"虚幻式思维"外,诗人运思的方式还有"意境式思维"。在迟云看来,这种"意境"并不拘囿于文艺学的内涵和范畴,而是引发诗性之思和具有兴发感动功能的现实表象或表象组合体,而"兴发感动",实际上就是严羽在《沧浪诗话》中所提倡的"词理意兴"。诗人自己就非常重视"兴发感动",他说:"我坚持我对诗歌的认识,更强调诗歌属性中的'兴'。"[①]如《世界正在脱缰》:

> 整个人类都进入了一个快的时代
> 快速地攫取
> 快速地享受
> 而且快得不择手段
> 像不停止的陀螺
> 陷于欲壑难填的循环
>
> 技术淘汰技术
> 技术撬动道义的轨迹
> 冥冥之中没有制动刹车的闸门
> 世界正在脱缰
> 列车呼啸而过

[①] 迟云:《关于诗歌(后记)》,《行走 穿过思想的树林》,明天出版社2013年版,第356页。

远方不知是天堂还是地狱

诗人不仅像在上两部诗集中那样将目光聚焦于现代个体在日常生存中广泛存在的或主动或被动的精神萎缩与精神失落,关注那些"行走在都市里的人们臃肿而迟钝／他们在汽车的尾气里穿行／面容有些苍白／眼神有些迷茫";此时的诗人还将诗性之思投向了这个由无数现代个体组成的、正在不断提速的、正在"脱缰的世界"这个大意境。在这里,"快速"成了这个大意境最为突出的特征,并由此提供了一系列小的表象,"快速地攫取""快速地享受""像不停止的陀螺""技术淘汰技术""正在脱缰""呼啸而过"……这些表象不断强化、不断提速,并不断地排列组合,于不自觉中将接受者带入到一个诗人预设的现实表象中,让每一个接受者感受到自己身处的现实环境和时代环境正在不断变快,以及由此所带来的"心理挤压";同时,诗人由这个现实表象和预设意境兴发感动,引发了我们的深思,甚至恐惧,"快得不择手段""陷于欲壑难填的循环""冥冥之中没有制动刹车的闸门"。诗人告诉我们,单纯的加速和提速并不是问题,也不必深思,但当下世界的速度,却是用不择手段的方式达到的,而且这个用"欲壑难填"来不断提速的列车和脱缰的世界,却没有"制动刹车的闸门"。这样的速度将把人们带往何方?那将去的地方是天堂还是地狱?这些是诗人没有答案的思考,既是诗人对于世人的警醒,更是诗人对现代社会的反思。正如有的学者所说:"到了现代社会,速度意志成为压倒一切的意志。现代社会的欲望,就是加速的欲望。现代人陷入了一个巨大的速度神话中——现代社会的一切努力,就是力图将速度提高到无以复加的地步。问题是,速度是一个没有尽头的东西,它不可能画上一个句号……这个速度使现代社会变成了一个激进而猛烈的漩涡。人,被这种漩涡吞噬了。"[①]20世纪90年代,廖亦武的诗作《大循环》就揭示了"万事万物都在循环,人也亦然"的道理。诗人通过自我对表象意境化的直觉感应,揭示了个体必须,而且也只能顺应宇宙的循环规律,进而认知人生大轮回这一生存状态的哲理,与迟云的诗作有异曲同工之妙。总之,正是在上述诸层面,迟云的新诗集在"诗性之思"的向度上形成了加大突破和进一步深化的态势。

---

① 汪民安:《感官技术》,北京大学出版社2011年版,第77页。

二 剖析与建构:"我的灵魂附身于一只幸福的羔羊"

与往昔的创作不同,《一只眼睛睡了 一只眼睛醒着》的诗作在对飞速发展的现代社会保持思考和评判的同时,将内省的眼光投注到个体被湮没和被遮蔽的深处,倾听自我于现代化的红尘中发出的呼叫,传达现代人尖锐的生命痛感,并希冀通过个体自我的剖析,找寻和建构与城市文明对峙的精神家园和精神的绿洲——"如同一只羔羊希慕一片柔软的青草地",这里阳光温暖而草叶绵长,"我想把草木的气息充盈在心里"。这样的对精神建构的追索将迟云的诗歌进一步向内延展,使其在保持思想的光芒的同时,还显示出殉道者般的坚守和执着。

与《走上旅途》和《行走 穿过思想的树林》中较多书写个体与外部现代都市的冲突、矛盾不同,在《一只眼睛睡了 一只眼睛醒着》中,诗人笔下的"自我"时刻处于自我搏斗的漩涡中,在欲望的自我和自由的自我二者中间不停地挣扎。在《关于骨头》中,发现自我"精神缺钙"而难以挺拔,终于有了"钙质的感觉"之后,却悲哀地"发现自己竟是一块/被丢弃给哈巴狗的骨骼"。在《与蟋蟀交流》中,蟋蟀的歌唱是自然的歌吟,而"我听懂了蟋蟀内心的交响/却无法交流命运的坎坷与铿锵"。当我抽出一根肋骨当作短笛时,"我想吹出人生的四季／却只听到金属绷紧了的鸣响"。我有歌唱的欲望和天性,却已经被无形的力量堵塞了心胸,喑哑了歌声。而在《错位》一诗中,作者几乎直白地剖析了自我的裂变、由此带来的痛苦,以及对裂变和痛苦的内省:"我不知道这种感觉正不正常／只知道前半生跨进紧张玄奥的职场／后半生正在无意识地盲目跟进／像一条失去知觉的左腿,跟着／另一条左冲右突的右腿"。人们面对某一种外部行为,久而久之便会形成心理的惯性和思维的定势,从而使自我处于一种"本能的不自觉",就像契诃夫笔下的"套中人"和弗兰兹·卡夫卡《变形记》中的"格里高尔·萨姆沙"。但难能可贵的是,诗人对这种"本能的不自觉"却保持了"自觉",就像他的诗名一样,"一只眼睛睡了 一只眼睛醒着","睡了"的像那条靠本能在职场"左冲右突的右腿","醒着"的则犹如那条"失去知觉的左腿"……对自我裂变的剖析,可谓入木三分。

敢于正视自我的剖析,勇于直面当下的精神困境,诗人依然仰望星光,希冀着获得精神的寄托和自由,"不知道明年我能否长成一棵树苗／但我会在春天里耐心等待／即使如流星一样不能再度升起／仍然可以仰望,仰望母树／吐纳的葱茏气息"(《当我很老很老的时候》);尽管"站在夜色的边沿/忧郁像露水一样凝结/凉风刮过/吹落一颗两颗星斗",但诗人仍然坚信"黑夜给了我黑色的眼睛/我却用它寻找光明"(《一只眼睛睡了 一只眼睛醒着》)。诗人希望自我"即使背负着远方的欲望与诱惑/也有沉静的从容/也有俯视享受的过程"(《滑行的境界》)。诗人能够理性地对待欲望,因为虽然过于贪婪的欲望会成为人生的深渊,但毋庸置疑,欲望应为人生的原动力,诗人希望人们在城市生活中,在追求和实现适度的欲望的同时,更为关切的是能否获得沉静与从容,滑行出人生的美丽姿态。同时,诗人在表达自我建构的美好意愿的同时,也认识到真正去达成这一意愿时可以预见的艰难,"建立自己的庄园/多么浪漫而又理性的抉择/活在自己的世界/寻找归宿的梦想如星星次第闪烁/而把庄园的庄稼和花草树木移栽到内心/成活的道路又是多么遥远和崎岖"(《活在自己的世界》)。诗人用了"自己的庄园""自己的世界""星星"等意象,反复描述个体存在的理想状态,但同时又以将"庄园的庄稼和花草树木移栽到内心"时成活的艰难,表达到达这一状态的路途之"遥远和崎岖",同时,虽然"遥远和崎岖",但并不能阻止诗人建构和寻找精神家园和灵魂栖息地的脚步。具体而言,迟云诗歌中的精神建构主要在以下两个矢向上展开。

一是回归和"融入"静谧的乡土。他将自然和乡村作为自己"怀念与追忆"以及"融入"的对象,投射进自己的主体精神,将那些河流、植物、老去的人们所在的日渐萎缩的土地,作为自己的精神寓所和灵魂栖息地。

作为一个对现代文明具有本能反思精神的现代派诗人,迟云在诗中表达了自己对在工业化进程车轮下自然和乡村所遭受的碾压的痛惜之情。台湾著名散文作家林良曾经指出:"现代人被生活的现实紧紧吸住,摆脱不掉。所以他们只看见漩涡,心中只有漩涡。他们看不见整个辽阔的河面,也看不见两岸乡土的自然风光。"[①]更为触目惊心的是,现代社会的发展有时是以对自然和乡村的破坏作为代价的。比如迟云写到了雾霾之痛:"雾霾,悄无声息/如一张巨大的死亡之网/笼罩了北方的城市和乡村";在这样的雾霾中,"我怀念曾经最廉价的阳光/怀念最平凡而又最清澈的一缕微风/而它们仿佛都是久违的朋友"(《阳光,找不到回家的路》)。雾霾与工业化、城市化相伴相生,成为城市之痛。更为痛切的是,久在城市樊笼里,久

---

① 林良:《一个纯真的世界——谈童话,认识童话》,天卫文化图书有限公司1998年版,第28页。

在快节奏运转的生活轨道之上,现代人逐渐丧失了对于自然和乡村的敏感。"即使寻到山色如黛流水如蓝／我们又到哪里捡回捞月的纯粹和童真"(《梦见猴子捞月》)。迟云的《一支铅笔的梦游》是一首充满想象力和情感力量的诗作,使我们听到了一棵树,一棵棵树,在黑夜里无声的呜咽:"铅笔本能地认为该写点什么／但只记得北方挺拔的松树／和高挑俊美的白桦林／只记得树枝上栖息着优雅的鹭鸶／和机警中来回奔走的梅花鹿／铅笔想把这一切都描绘下来／但来自内心的悲伤／像潮水一样覆盖了过来";铅笔碰触纸张,同样是木质的气息,却将在书写里互相损耗,于是"它把自己站立成枯死的树桩／然后从窗外捡起一片哀伤的月光／／月光似鹭鸶遗留下的白色羽毛／悲情地洒落在树桩的周围"。人类对于自然的戕害,使一支铅笔失去了书写的力量,它在纸张上行走的每一步都是痛楚和控诉。

尽管自然和乡村不断地被城市文明所挤压,但迟云也像沈从文一样,执着地将目光驻足在乡村之上,希望在上面建构"一种优美,健康,自然,而又不悖乎人性的人生形式"①,希望在这

---

① 沈从文:《习作选集代序》,《沈从文选集》第5卷,四川人民出版社1980年版,第231页。

里找到和"安放"在城市文明中疲惫的灵魂,从而建构属于诗人自己的精神寓所和灵魂栖息地,只不过沈从文建构的是湘西世界,迟云搭建的为胶东半岛小山村。在诗中,他慨叹乡村曾经的自然平静和属于自己的文化记忆,"乡路一直以恬静的姿态/抱着断断续续的记忆/弯曲着纠结着/延续丝丝缕缕的乡愁"(《乡路是从天空飘落的炊烟》)。这片乡土滋养着那些焦虑和彷徨的灵魂,仿佛又一次崭新的诞生:"河水在沉寂中延伸/故乡在烟雨的山水中洇染/安静多么美好/偶尔的蛙鸣如婴儿的啼哭/发散出真实的硬度与无边的禅意"(《故乡的河流是一条脐带》)。他每一次从城市回望乡村,都是引领读者进行一次精神的返乡。他指给我们看那些安静的河流、满坡的庄稼、打洞的野兔、坟堆上的麦草……他希冀着、寻求着精神的休憩地:

> 岸就是一种实地存在的感觉
> 是一段延伸希望的路程
> 当焦虑如波浪一样袭来
> 岸是一种稳定,甚至
> 是对未来更具野心的祈求(《岸之状态》)

尽管诗人也知道在城市化、工业化步步紧逼之下,那片乡土之岸越来越逼仄,乡村本身也在发生巨大的摇晃——就像"爹的坟堆在雨中寂寞／坟堆上的茅草在冷风中摇曳"(《爹的坟堆在秋雨中寂寞》),而诗人不知道该用什么"温暖凋零的季节／也温暖打着寒颤的心房"(《爹的坟堆在秋雨中寂寞》),但在这"风声正紧／雨声正浓"(《爹的坟堆在秋雨中寂寞》)的季节里:

> 而干旱的土地嗅到了雨水的气息
> 满坡的庄稼表情激动
> ……(《自然界的辩证法》)

> 我在睡眠中开始梦游
> 来到碧绿的菜地
> 听高一声低一声自由的蛙鼓
> 记不住自己有没有穿衣
> 只感觉漆黑的夜里有一束奔放的追光
> 照彻憋闷的心里(《错位》)

诗人几乎是以一种无以抗拒的偏执,执拗地把自己对于精神家园的向往推向了极致。"乡村"在这里不只是一个符号,不仅具有"能指"的作用,更具有"所指"的功效,诗人已经忽略掉了它本身的粗糙、鄙陋,将它推远,将"乡村"安静而坚实的土地打磨为散发着诱人光芒的"圣地",成为诗人寄托自我的精神家园。当然,我们不得不说,这是诗人对于精神建构的呐喊与叹息。迟云的叹息也与沈从文、老舍、曹禺一样,充满了现代化进程中对过往传统和文化的留恋与无奈,而呐喊则至少能证明诗人如殉道者一样执着向往,一样努力超越。

诗人建筑精神家园和灵魂栖息地的另一矢向为他所钟情和热爱的"诗歌"。人到中年的迟云,虽曾历经磨难,但对诗歌的痴情却始终不改,诗人也在不少篇章中写到诗歌对于自我构建的重要价值,如《如果诗歌是一棵树》《在深夜里聚拢》《诗歌创作》等。在孤独的思索中,在寂寞的书写中,在由衷的欢喜中,在精神的求索中,迟云的诗歌破土而出,化蛹成蝶,它们是暗夜里传递光和暖的柴火,是风雨中寂静挺拔的树,是叶片上静静垂下的露水,是从心灵中发出的呼唤,它们滋养精神、坚挺意志、哺育灵魂。

  如果诗歌是一棵树

  它的幼年是蓬勃向上的

叶芽嫩绿

枝条风情万种

在不同的季节

诗歌树忸怩作态

被风弹拨出不一样的声音

如果诗歌是一棵树

沧桑的树干昭示出壮年的风骨

这时节叶子的喧哗愈来愈轻

粗黑的树皮遮挡了年龄的悬浮

如果诗歌是一棵树

老年以后

它潜藏的根系,远远超出

　　树冠覆盖的面积(《如果诗歌是一棵树》)

　　诗作将诗歌比喻为一棵树,这棵树成为诗人精神追求的载体,也成为诗人精神建构的标志和象征,尽管这建构的过程曾"叶芽嫩绿"般幼稚,曾"被风弹拨出不一样的声音"般随波逐流,但她终究会成熟,"这时节叶子的喧哗愈来愈轻",终究会成长,"粗黑的树皮遮挡了年龄的悬浮",并终究会成功,因为"它潜藏的根系,远远超出/树冠覆盖的面积"。正因为如此,诗人才会"把文字拢在一起/搭成一堆柴火的模样/我渴望燃烧/希望借助风的力量释放烈焰/哪怕只是瞬间的一次爆响/我也将拥有一个曾经的温暖"(《在深夜聚拢》);即使不能燃烧,诗人也希望"独自听心灵独语/看魂魄笨拙地跳舞/心中仿佛有一株豆芽在破土/这时候阴阳交割/苍茫的宇宙之中/黑暗正在封锁太阳/黑暗也正在托起太阳"(《诗歌创作》)。

通过上述两种途径,迟云希望在"脱缰的世界"里搭建自己的精神家园,找寻自己纯真的"青草地"。

  草木的气息是为静谧和安详而生
  它是一个盘桓于天地之间的灵魂
  存在于无形
  游动于自然
  在夜的形式和夜的内容里游走
  袒露出一片拘谨而羞怯的素心

此刻

我的灵魂附身于一只幸福的羔羊

我想把草木的气息充盈在心里

却不小心碰落了叶子上晶莹的露水(《我的灵魂附身于一只幸福的羔羊》)

何为素心？其最早语出南朝颜延之《陶徵士诔》："弱不好弄，长实素心。"《辞海》注明：素心乃心地纯朴之意。诗人将人的素心归于草木素朴、静谧安详的自然乡土的养成。对诗人而言，滚滚红尘中俗人所孜孜以求的权力、财富、地位，都不能让他的灵魂得到栖息和安宁，"素心"却能芬芳身心、安顿灵魂——如同一只羔羊，徜徉于草木深处一般安然自在。而"露水"或可理解为"诗歌"，诗人在《一只眼睛睡了 一只眼睛醒着》中多次使用这一意象，在他精神追寻求索的道路上，诗歌是诗人人生旅途中无悔的追求和始终的牵挂，正如迟云自己说的那样："感觉诗如影随形，似不能割舍的痴情女子，默默地为我守望，孤独地为我憔悴，学诗、写诗成为我理解世界、体察人性、洞察世事的一条独特的通道。学诗、写诗的过程，也记下了自己相对理性的一些思考。记录的过程，就是情感梳理的过程、心灵净化的过程、思想沉淀的过程,更是促使自己人生境界提升的过程。学诗、写诗,既能锻炼我的领悟能力,又能使我找到一方沉静的园地修炼调适,平衡心境,尽最大可能地本真自己、纯粹自己。""我以诗奔向精神和心灵之乡。"①

建构精神家园是一个复杂而深奥的哲学命题,有的人遥望"彼岸",有的人回归童年,有的人寄于来世,有的人在不断修行,有的人在红尘中挣扎,迟云作为一个让人能够理解和让人愿意亲近的现代派诗人,我认为本质上仍属于一个具有上世纪八十年代烙印的理想主义者。正因为如此,他才会在精神求索的道路上踽踽独行,苦苦跋涉,但愿他能将灵魂附身于那只幸福的羔羊,把草木的气息充盈在心里,并能滋润现代人荒芜的心田,就像他在诗中写的那样:"花开无声花落无意／却有露水悄然入土"(《在深夜聚拢》)。

三 明晰与丰赡:"思想让青草地蔓延"

与沈从文一样,迟云的诗歌创作也有"两套笔墨"。在以乡

---

① 迟云:《关于诗歌(后记)》,《行走 穿过思想的树林》,明天出版社2013年版,第355页。

村或景物为题材的诗作中,他的诗歌语言流畅晓白,单纯明晰,充满纯净之美和直白思辨的色彩;在以城市和自我剖析为主题的诗作中,其语言则凝练、丰赡,蕴涵的意象耐人寻味,具有思之美、力之美。随着诗人诗艺的不断拓深和攀升,《一只眼睛睡了 一只眼睛醒着》的不少诗作中,这两套笔墨又有嬗变和趋同的倾向。

迟云早期诗歌的语言大多浅近明快,具有单纯、清丽的抒情风格。如《爱的对白》:"倾斜的姊妹松预言,我／会成为船的／风作双桨,将温柔地／划进你的双眼∥你说,你愿做那站立的／桅杆／把伟岸的信念射向蓝天／我说,你做一叶红色的帆吧／燃烧着,不会孤单／太阳升起的地方／有一片金色的沙滩"。诗语澄明单纯,带着青春时期的青涩、美好、简单与透明。又如《爱,常是一种酷刑》:"爱意常伴我／错过一个又一个的花季／结出的果子酸酸涩涩／像一弯淡淡的弯月／盛不下丝丝愁意"。《一只眼睛睡了 一只眼睛醒着》的不少诗作仍保持着这种语言风格。"柿子树石榴树的叶子都脱落了／地上沉淀了一层卷曲褪色的日光／树上的果子并没有摘光／两只柿子像灯笼／三只石榴像铃铛／它们挂在故乡的树梢"(《灵魂在故乡》),"秋雨如约而至／淅淅沥沥敲打红的黄的叶子／山峦充盈着缠绵的雾气／冷风涌来／冰冷的感觉／仿佛置身于凄惨的故事//……麦苗儿绿了／秋虫儿叫得弱了／田鼠忙着存粮／野兔忙着打洞／我在秋凉中想到了爹和娘"(《爹的坟堆在秋雨中寂寞》)。这样的话语方式很容易让人联想起舒婷的《赠》《雨别》《四月的黄昏》等诗篇。在纤弱而美丽、参差又整饬的语言中,将自己的情绪、思考、情感寄语在恰切的意象和意境之中,显示出澄明、舒缓而又典雅、宁静的格调,具有婉约的浪漫主义色彩,正如有的评论家所言"忧伤而不绝望,沉郁而不悲观;是软弱的,又是坚强的;忍受着失望,又怀着胜利的信念"①。

近年来,迟云的这种诗语正在发生一些变化,在单纯直白的语言表达方式中充溢和渗透着反思意识和批判精神,使其具有"直白的思辨"色彩。如"乡路是从天空飘落的炊烟／调和着悲欢离合的故事／散发着柴米油盐的气息／乡路一直以恬静的姿态／抱着断断续续的记忆／弯曲着纠结着／延续丝丝缕缕的乡愁"(《乡路是从天空飘落的炊烟》),在对乡路进行单纯"白描"的同时,直接嵌入了"延续丝丝缕缕的乡愁"的直白式思考;"树是黑色的／田野是黑色的／远处的山峦影影绰绰／而

---

① 孙绍振:《恢复新诗根本的艺术传统》,《福建文艺》,1980年第4期。

思想的道袍自由跳跃／如轻盈的磷火／仿佛在探究城乡的纹理／或者品味风声掠过时留下的气息"(《乡村的磷火》),在乡村夜景的刻画中,镶嵌了"思想的道袍""探究城乡的纹理""品味"等具有思辨色彩的语汇,并将二者巧妙地黏合起来。其实,诗人的这种"直白思辨"的话语方式,并不是偶然得之,而是在其早期创作中就已露端倪。如《向前走吧》:"生命之河沉沉地流过／把斑斓的童话遗忘在沙滩上了／水涨水落／草枯草荣／太阳伞撑开一个羞涩的空间／没有阿里巴巴没有宝葫芦／没有白雪公主没有快乐王子……死亡比生存更容易／希望比绝望更艰难／听铜铃叮当悲壮／看落日炽热辉煌"。又如《倔强的头颅》:"我是一棵嫩黄的芽儿……虽然细弱嫩黄／却托着一颗倔强的头颅／／我用躯体否定着一个恒式——作用力等于反作用力／条件就是对太阳的信仰／再加几分在黑暗中探索的毅力"。无论是童话里金色的物象"太阳伞""宝葫芦""白雪公主""快乐王子",还是纯净如"一棵嫩黄的芽儿",在承继语言单纯晓畅风格的同时,已经开始用直白的话语对生存的意义"死亡比生存更容易／希望比绝望更艰难",对生活的哲理"我用躯体否定着一个恒式——作用力等于反作用力"进行反思,从而使其诗歌具有了思辨的深度,而这种深度,既具北岛的"我的土地/你为什么不再歌唱/难道连黄河纤夫的绳索/也像崩断的琴弦/不再发出鸣响?"(《结局或开始——献给遇罗克》)式的深刻,又有顾城的"葡萄藤因幻想/而延伸的触丝/海浪因退缩/而耸起的背脊"(《弧线》)式的哲理。但笔者认为,早期的迟云与顾城更为相像,也就是说,他早期的诗歌中更多地映照出"童话诗人"顾城诗歌的"影子"。他们二人都对儿童的世界情有独钟,又都通过儿童的视角去表达对童真的美好向往和对成人世界的反思,甚至失望。而《一只眼睛睡了　一只眼睛醒着》中的诗作,又与北岛接近,具有了鲜明的历史反思意识和批判精神,呈现出较强的理性思辨色彩,其语言风格也从早期的纯净之美向冷峻之美转换,但在诗歌语言的言说方式上,笔者认为,迟云似乎比北岛"柔软"一些,又较顾城"刚硬"一些,仿佛兼容了二人的优长,这也正使得迟云的诗语成为充满个性的"这一个"。

就现代诗歌语言风格而言,"晓白明晰"也是一种美学风格。正如胡适在《什么是文学——答钱玄同》一文中所说:"文学有三个要件,第一要明白清楚,第二要有力动人,第三要美。因为文学不过是最能尽职的语言文字,因为文学的基本作用(任务)还是'达意表情',故第一个条件是要把情或意,明白清楚地表出达出,使人懂得,使人容易懂得,使人决不会误解。"①迟云也认为"诗歌首先要让人懂,让人不知所云的诗歌只属于作者自己"②。当我们回眸中国现代文学语言和现代诗歌近百年的发展历程时,可以发现像徐志摩、艾青那样把现代诗歌写得既晓白通畅,又具有一种清爽之美,确也并非易事。这种深入而浅出式的语言风格,看似简单,实非如此。正如谢皮洛娃所言:"作品语言的美,不是作家为着再现生活特地挑选一些华丽的辞藻而能达到的,作家达到语言的真正的美,在多数情况下,是使用最普通的一些词句,然而这些词句在有形象表现力的语言上下文中,获得审美倾向,它自身就是一种美。"③我们应该认识到,"朦胧典雅"是一种美,"晓白通畅"又何尝不是一种美呢。从中国现代文学原创性美学特征的视角来看,"晓白通畅"似乎应该是中国现代文学和现代诗歌发展的主流。因为中国现代诗歌正是在打破了古代诗歌晦涩典雅的审美模式后,建构起流畅晓白的现代美学品格,从而以崭新的姿态融入了世界诗歌的大潮。同时,我们还应看到,迟云诗歌的

---

① 胡适:《什么是文学——答钱玄同》,胡明主编《胡适精品集》第1册,光明日报出版社1998年版,第206页。
② 迟云:《关于诗歌(后记)》,《行走 穿过思想的树林》,明天出版社2013年版,第357页。
③ 谢皮洛娃:《文艺学概论》,罗叶等译,人民文学出版社1958年版,第132页。

这种语言特点,还带有二十世纪八十年代的"时代印记"。如上所述,他的诗歌语言纯净、通晓、直白、思辨的特色,具有顾城、舒婷、北岛等八十年代诗人群的"集体无意识"。进入新世纪以来,学界中程光炜、李杨等学者一直致力于"重返八十年代"研究①,其中有对当下学术激情的委顿、理想信念的迷失、审美风格的混乱考量。无可否认,就诗歌的语言而言,亦有对当下诗歌语言或艰涩玄虚或粗俗不堪的反驳和对八十年代"纯真、明晰、晓畅、清爽"语言方式的向往。由此视之,迟云诗歌的这种言说方式,对当下的诗歌而言,仍有重要的价值。

在《一只眼睛睡了　一只眼睛醒着》中,与"思"的向度轴线上的不断拓深和攀升相对应,其诗歌语言的变化也值得省察。审慎而坚实的"思"赋予了他的诗歌更为坚实的骨骼,与此对应,诗歌的语言也愈加凝练和丰赡。无需否认,迟云早期的诗歌语言,也无可避免地带有上世纪八十年代诗歌的某些通病,如较多使用装饰性语汇,语言所包蕴的意义较为单薄,甚至有的诗歌语言过于散漫,缺乏厚重感,这种状况在《一只眼睛睡

---

① 2005年,程光炜、李杨在《当代作家评论》开设"重返八十年代"专栏,系统地阐释"重返八十年代"研究范式。此后,"重返八十年代"就逐渐在中国当代文学研究界产生了较大的影响。

了 一只眼睛醒着》中得到了改变,甚至有了突破。

20世纪90年代以来,曾经在中国现当代文学史上产生过重大影响的诗歌辉煌不再,陷入了前所未有的危机之中,一方面,它面临着日趋"边缘化"的外部困境,另一方面,又遭遇诗歌创作与接受的分离和诗歌的批评标准混乱的内部困境。但迟云始终坚持"知识分子写作"的立场和态度,强调"语言之于诗歌写作的艺术合理性,强调技艺的重要性,追求诗歌内容的超越性和文化理念含量"[1]。他并没有因为诗歌外部生存环境的恶劣而放弃知识分子的思考力和自己一直坚持的诗歌理念,他如同鲁迅笔下的"孤独者"一样,进行着诗语的探寻。如上文分析,迟云的《一只眼睛睡了 一只眼睛醒着》在"思"的向度上较以往有较大的突破和深化,与之对应,他的言说方式也势必随之发生转变,因为根据西方现代语言学的理论,"思"的内容变化了,"言"的形式必须随之改变,正如索绪尔所说:"思想是正面,声音是反面,我们不能切开正面而不同时切开反面,同样,在语言里,我们不能使声音离开思想,也不能使思想离开声音。"[2]也就是说,当人们

---

[1] 谭五昌:《世纪之交的中国新诗状况:1999—2002年》,《诗探索》,2003年第3—4辑。

[2] 费尔迪南·德·索绪尔:《普通语言学教程》,高名凯译,商务印书馆1980年版,第158页。

要表达某种思想时,不可能在不使用语言的情况下非常明晰完整地将其内容传达出来。同理,当思想改变了,它必然会要求语言的言说方式发生变化。上世纪八十年代,迟云用晓畅的语言记录了自己的青春岁月以及与此相关的文学记忆。新世纪以来,特别是近几年,重拾缪斯之笔的迟云已今非昔比。经过更多岁月的磨砺与洗礼,他抵达了一个更为沉稳、丰赡的沉思之境,他的语言方式也随之发生了质的变化。《一只眼睛睡了 一只眼睛醒着》的大部分诗作,连接词、语气词等虚词使用得越来越少,语言的密度不断加大,越来越凝练、简达,甚至粗粝,但意蕴更加丰厚,显示出与思想力量相匹配的语言力道。试看《一只眼睛睡了 一只眼睛醒着》:

……
夜深人静的时候
当思想穿上黑色的衣袍游走
天地一片寥廓
心胸自由旷达

融入夜色

就像融入哲学

一只眼睛睡了

一只眼睛醒着

诗人设置了"夜"的意境和"自由旷达"的境界,以二者的对峙与融合构建起诗歌的骨架,在"黑夜"之中、"寂寥"之间参悟"一只眼睛睡了/一只眼睛醒着"的人生哲学,语言干净利落,没有多余的修饰,诗歌语言的丰富性与多义性被骤然打开,语感的内在气息也被连贯打通。

在《淡定之人游走于阴阳两界》中,诗人思考生存与死亡,"夜,极静的时候/独处的我/隐约之中/极易捕捉到死亡的影子//这时候/死亡并不是狰狞的模样/仿佛宁静的来客/与你一起体味生命的安详",还是在"夜"里,诗人感受到生死间的转换与轮回,"该生的时候生/该死的时候死/而在极静的子夜时分/死的状态接近于生/生的状态接近于死",当有了这样的生死观后人生的态度必然淡定和旷达,"日月依旧经天/江河依旧行地/这时候阴阳之鱼陷于混沌/纠结的仍然纠结/放下的释然放下/苦恼的人不能自拔/淡定之人则游走于阴阳两界"。整首诗歌语言简洁有力,如同郑板桥画中落尽叶子的三秋之树,浮华褪尽而裸裎出语词和思想本身的力量。至于"淡定之人"如何才能"游走于阴阳两界",诗人并未言尽,余味犹存。诗歌虽应该面向接受者敞开胸臆,但语言不应该一览无余。在通往诗思的道路上,在诗意升华的过程中,好的诗人懂得适度地"隐身"和"留白",因为,他知道真正的诗歌要用凝练的言说方式等待接受去"发酵",并在这种"酿制"的过程中形成诗性的丰赡之美。试比较此前诗人同样以生死为题的《生死两茫茫》,"这个日月轮回的世界／每天都有人死去／每天都有人降生／死去的人往往来不及叹息／就去了永远回不来的地方／降生的人都用撕心裂肺的哭声／或嘹亮或喑哑／向世界宣告生命的开始",可以说迟云的诗作已有了较大的突破,因为,此时的迟云已经跨越了"非要说出来"的阶段,正在向着"沉默的言说"的方向走去。

我们还应注意到,《一只眼睛睡了 一只眼睛醒着》中,迟云的语言方式呈现出两种笔墨逐渐融合趋同的势头,也就是说无论是书写城市还是乡村,诗歌的语言既纯净明晰又丰厚而耐人寻味,表现出既优美又冷峻的美学风格。如《思想让青草地蔓延》:

……

犹如海子面朝大海春暖花开

青草地就是阳光蝴蝶和苦菜花的盛开

青草地就是风筝笑脸和孩子们蹒跚的脚步

虽然树枝已经枯干

虽然时间正在老去

而青草地茂盛于内心

风姿绰约地激活着年轻的基因

烟雨蒙蒙,即使是一种幻想

走过青草地就走进净化的内心

暖风泱泱,即使是一次梦游

走过青草地就能听到阳光穿行的声音

思想让青草地蔓延

只要让心去飞

就寻觅不到绿意的边界

  诗中既有描写青草地的纯净优美语言,"阳光蝴蝶和苦菜花的盛开""风筝笑脸和孩子们蹒跚的脚步""烟雨蒙蒙""暖风泱泱",又有"思想让青草地蔓延""走进净化的内心""听到阳光穿行的声音"这样的让人寻味的理性语言,诗人又通过对春天的青草地的实写和在严冬中对心中的青草地的虚写让这两种语言有机地结合起来,并阐释了"思想让青草地蔓延／只要让心去飞／就寻觅不到绿意的边界"的"真正的春天在心中"的哲理。在中国的诗坛上迟云并不缺乏"同路人",穆旦人生中的最后一首诗《冬》,便是用明晰而丰润的语言将季节的"冬"和生命的"冬"结合起来:"我爱在淡淡的太阳短命的日子,／临窗把喜爱的工作静静做完;／才到下午四点,便又冷又昏黄,／我将用一杯酒灌溉我的心田。／多么快,人生已到严酷的冬天。"新世纪以来诗歌语言呈现出两种发展趋势,一方面,诗人们追求由所谓纯粹语言营造的自我封闭空间,追求诗性狂欢的私人化感受,甚至走上语言"逻各斯"主义的迷途,接受者在读诗的过程中基本上丧失了阅读带来的审美愉悦体验,这实质上是当下诗歌极端"私人化写作"与西方诗歌"贵族化"理念结合的产物,如部分"生命体验诗派"和"玄学诗派"的诗歌;另一方面则是口语化诗歌,它们多以先锋或前卫的姿态,将大众趣味奉为自己创作的圭臬,以"口语入诗"为口号,声称要与原生态的生活体验相对接,这类诗歌在语言上通常不避粗口、俗话,艺术风格呈现

"粗鄙化"的倾向,如"口水体"和"垃圾诗派"的诗歌。如果说接受者在前一类诗歌面前存在着"懂"与"不懂"的困惑,那么,在后一类诗歌面前则面临着"读"与"不读"的选择。当下的部分诗歌语言在"深奥"与"粗俗"的两极化追求中迷失了自己。与上述先锋或前卫诗派的诗歌语言相较,迟云等人的诗歌语言方式应该才是诗歌创作的正途,愿他在这条诗性话语小径上一路前行,一直抵达思维森林的深处。

《一只眼睛睡了 一只眼睛醒着》中的诗作评判有筋骨,剖析有力度,建构有光芒,言说耐寻味。现在的迟云较之过往,"正是壮年的风骨",正在渐渐褪去浮华与喧哗,正如诗人自己所言,"现在已到了开始落叶的中年/我开始平静地接受四季轮回"——从青春、激情的意气风发到中年沉静的自觉书写,迟云的诗思和诗艺不断提升和突破,渐入佳境,这也恰恰为当下浮躁的诗坛传递了一种观念:诗"需要心智和技艺的经营""让激情得到充分的酝酿、沉淀和凝缩,只有这样的诗歌才能获得更宽广的辐射力和更强大的穿透力"。[①]当然,《一只眼睛睡

[①] 张桃洲:《现代汉语的诗性空间——新诗话语研究》,北京大学出版社2005年版,第58页。

了 一只眼睛醒着》中,迟云依然保持一些他一贯的诗歌风格和诗学追求,如饱蘸情感、关注现实、紧贴时代、人文悲悯等,限于篇幅,就不赘述了。我期待迟云今后的诗作扎下更深的根脉,铺展更宽阔的绿地,那儿必定大树长青,亭亭如盖;那儿必定阳光灿烂,草叶绵长……愿他在这条充满希冀的诗路上昂首前行,步履矫健。

2016年8月16日

于东昌蔷薇别墅